10cm

10cm

이현신 소설집

도화

'작가의 몸만들기'와 작가의 예술정신

김호운(소설가·한국소설가협회 이사장)

"보이는 것을 그리는 게 아니라 생각하는 걸 그린다."

파블로 피카소가 한 말이다. 수많은 화가 가운데 그가 거장으로 세계 미술계에 이름을 남긴 건 이런 말을 할 수 있는 '화가의 몸'을 만들었기 때문이다. 그는 캔버스에 그림을 그리는 능력이 아니라 가슴속에 예술정신을 담는 힘을 먼저 길렀다.

소설 쓰는 공부를 하려는 분들로부터 "어떻게 하면 소설을 잘 쓸 수 있습니까?"라는 질문을 받을 때가 있다. 소설뿐만 아니라 어떤 일이든 잘할 수 있는 비결은 없다. 하고자 하는 마음과 그 일을 해내려는 올곧은 행동을 한 그릇에 담으면 무슨 일이든 할 수 있다. 그게 방법이다. 피카소가 한 말에 이런 의미가 담겨 있다. 그래서 필자는 후학을 지도할 때 소설 쓰는 방법이 아니라 '소설 이해하기'와 '작가 몸만들기' 이 두 개 키워드로 강의한다. 소설을 이해하고 작가의 몸이 되면 소설 쓰는 방법은 저절로 만들어진다. 소설 쓰는 방법으로 소설을 쓰게 되면 작가가 된 뒤 '개점휴업開店休業'할 수가 있다.

　　이현신 소설가가 단편소설 8편을 묶어 첫 소설집 『10cm』를 상재上梓한다. 이 소설집에 추천사를 써달라는 부탁을 받고 필자는 잠시 망설였다. 마음이 내키지 않아서가 아니라 이런 격格을 아직 본 적이 없어 혹여 소중한 지면에 누가 되지 않을까 염려해서다. 보통 표지 뒷면에 간단히 발문을 쓰기는 하지만, 개인 작품집 안에 작품 평설評說이 아닌 다른 이의 추천사를 넣는 경우는 드물다. 작품집 안은 그 작가만의 세상이기 때문에 그렇다. 마치 남의 집에 자기 옷을 걸어놓은 것 같은 결례일 수 있어서 주저했다.

　　이현신 소설가의 작품을 필자가 처음 읽은 건 좀 색다른 인연에서다. 어느 공모 프로그램에서 작가가 누군지 전혀 모르는 상태로 심사위원과 응모작품으로 만났다. 이 인연은 그다지 만족스럽게 발전하진 못했다. 그 작품은 처음부터 필자의 눈길을 사로잡았을 정도로 소재와 서사구조가 매우 독창적이어서 마지막 최종심까지 고민에 고민을 거듭하다가 아쉽게 손을 놓았다. 나중에 그게 이현신 소설가의 작품이라는 사실을 알았다. 물론 미리 알았더라도 당시와 같은 결정에는 변함이 없다. 이 이야기를 추천사에서 꺼내는 건 이 작품이 왜 심사위원의 눈에 들지 못했는지 작가가 알고 싶어 했다는 걸 밝히기 위해서다. 당선작 발표와 함께 심사위원의 이름이 알려지기에 작가가 필자에게 그렇게 물었다. 여기에는 두 가지 목적이 있는 듯 보였다. 하나는 자기 작품에 대한 열정 또는 자신감일 것이며, 또 하나는 그 문제점을 알고 보완하고 싶어서일 것이다. 어느 쪽이든 작가가 자기 작품을 객관적 시선으로 보고자 하는 일은 바람직하다. 그래서 한 번도 그래본 적 없는 일을 하기로 했다. 이현신 소설가에게 그 이유를 하나하나 분석해서 보내주었다. 이 작품집 표제어로 실린 「10cm」가 그 작품이다.

지금 이 추천사를 쓰는 것도 당시 그러한 내용을 작가에게 설명한 것도 모두 생경한 일이다. 그리고 보니 이현신 소설가는 내게 두 번씩이나 당혹스러운 부탁을 한 셈이다. 그러함에도 주저하다가 이 추천사를 쓰는 이유는 당시 응모했을 때의 「10cm」와 이 작품집에 실린 「10cm」가 '10cm'만큼 달라져 있어서다.

'공기 속에는 클로버 향 같은 병원 특유의 냄새가 섞여 있었다'

단편소설 「10cm」의 첫 문장이다. 이렇게 시작하는 이 소설이 당시의 작품과 달라졌다. 작품이 바뀐 게 아니라 작가가 변신한 것이다. '작가의 몸'이 달라졌다는 의미다. 피카소가 '보이는 것을 그리는 게 아니라 생각하는 걸 그린다'라고 한 그 의미가 이 작품 속에 잘 녹아 있다. 소설집 「10cm」에 실린 8편의 작품들은 그렇게 다시 매만지고 다듬어져서 새로운 얼굴로 독자 앞에 선다. 이것이 작가 정신이다. 자기 작품에 대한 치열한 관심과 채찍이 훌륭한 작품을 탄생시킨다. 작품에 대한 세세한 평설은 뒤에 평론가가 할 것이다. 필자는 이현신이라는 소설가가 앞으로 어떻게 또 변하면서 어떤 작가의 모습으로 독자 앞에 등장할지를 어느 정도 짐작을 한다. 이처럼 작가는 자신의 몸(작가의 예술정신)을 끊임없이 변화시키고 성장시켜야 한다. 이것이 작가로서 독자 앞에 서는 이유다.

첫 소설집 출간을 축하하면서 이현신 작가의 또 다른 변화를 독자와 함께 기대한다.

운명의 여신에게 맞짱 뜨자고 덤빈 적이 있었다.

나를 뺑뺑이 돌린다 이거죠? 누가 이기나 해 보자고요, 하면서.

젊은 날의 나는 팔뚝을 휘두르며 수레바퀴 앞을 막아선 사마귀와 흡사했다. 매번 깨지면서도 결코 투쟁을 멈추지 않겠다고 다짐했다. 불굴의 의지로 새로운 판을 짰고, 이기고 말겠다며 사력을 다해 덤볐다. 무모하다는 생각조차 할 겨를이 없었다. 어긋난 관계와 상황 때문에 때로는 분노했고 때로는 상처를 받았다. 그때는 지는 게 이기는 거라는 패배의 변증법을 몰랐다. 나는 '견고'라는 단어와는 동떨어진 정신을 가진 사람이었다. 져 줄 줄 아는 사람이야말로 정신이 단단한 사람이다.

중년이 되어서야 오만했다는 자각이 일었다. 내가 겪는 모든 고통과 질곡이 내게서 유래했을지도 모른다는 데 생각이 미쳤다. 나는 마음이 유한 사람인가. 도리에 순응하는 사람인가. 경우에

어긋나지 않고 떳떳하게 행동하는 사람인가. 남의 말을 잘 들어주는 사람인가. 어디에도 속하지 않는 사람 같았다. 엄청난 아집의 소유자일 뿐이었다. 운명의 강물에 나를 맡기기로 했다. 모래톱에 걸리면 더 센 물살이 강 가운데로 밀어줄 때까지 쉬기로 했다. 그제야 하늘이 보이고 구름이 보이고 바람에 살랑이는 나뭇잎이 보였다.

주관과 객관 사이의 거리는 겨우 10cm. 어쩌면 더 가까울지도 모른다. 그 짧은 거리 때문에 우리는 상대를 미워하고 질투하고 싸운다. 내가 번민했던 건 아주 짧은 그 간극을 넘어서지 못했기 때문이었다. 많은 분의 독려와 은혜 덕분에 소설가가 되었다. 표사를 써 주시고 아낌없는 가르침을 주신 노순자 선생님과 추천사를 써 주신 김호운 소설가협회 이사장님께 진심으로 감사드린다.

왔던 곳으로 돌아갈 날이 얼마 남지 않았다. 이제는 버리면서 골라야 한다. 다른 방법이 없기 때문에…. 부지런히, 틈만 나면 집 안의 물건들을 버린다. 옷도 버리고 신발도 버리고 책도 버린다. 버리지 못하는 건 오직 하나. 좋은 글을 쓰겠다는 일념이다. 아, 하나가 더 있다. 아들이 행복하기를 바라는 마음. 나의 아들. 부성의 부재를 겪으며 자란 아들. 제대로 사랑해 주지 못했고 포근하게 안아 주지 못했다. 스스로 잘 자라 준 아들 길환에게 나의 첫 소설집인 이 책을 바친다.

차례

달래꽃

티나와의 만남을 주선한 사람은 한국학과 학과장이었다. 한국 아이를 입양한 양부모가 딸에게 한국말을 가르쳐 줄 사람을 찾고 있다고 했다. 나는 바르샤바 대학 문학부에서 박사과정을 밟고 있었다.

구글 맵에 학과장이 알려준 주소를 쳤다. 뷔타 스트보샤 8번지. 전차에서 내려서 길을 건넜다. 신문이나 잡지, 생수 등을 파는 키오스크와 아이스크림 가게를 지나자 지도 위의 화살표가 오른쪽으로 꺾였다. 짝수 열이니 네 번째 집일 터였다.

얼마 걷지 않아 발코니가 있는 하얀 이층집이 나타났다. 단철 울타리 너머로 색색의 장미가 피어 있었다. 초인종을 눌렀다. 대문의 잠금쇠가 풀리는 것과 동시에 현관문이 열렸다. 군살 없는 몸매에 키가 큰 갈색 머리 중년 남자가 자신이 아이의 아버지라고 말했다. 초록색 잔디 위에 깔린 네모난 돌에서는 발걸음을 옮길 때마다 또각또각 소리가 났다. 그의 뒤를 따라 집 안으로 들어갔다.

회로 마감한 거실 벽면에는 창을 제외한 모든 곳에 바다 그림이 걸려 있었다. 불타는 듯한 태양이 바다 위를 달려오는 그림도 있고, 소용돌이치는 파도 위에 얹힌 채 금방이라도 난파될 것 같은 범선을 그린 그림도 있었다. 그림들은 파란색 줄무늬 패브릭소파와 잘 어울렸다.

소파에 앉아 있던 여자가 일어섰다. 페넬로페 크루즈와 샤를리즈 테론을 섞어놓은 것 같은, 푸른 눈이 아름다운 여자가 "유진?" 하고 내 이름을 부르며 손을 내밀었다. 대문을 열어준 남자가 쟁반에 찻잔을 들고 들어왔다. 초콜릿 내음이 섞인 커피 향이 긴장을 풀어주었다. 내가 먼저 말문을 열었다.

"학과장님께 들었어요. 따님에게 한국말을 가르치고 싶어 하신다고."

부부가 동시에 고개를 끄덕였다.

"몇 살인가요?"

"여덟 살이에요."

여자가 일주일에 두 번 집으로 와서 딸을 가르쳐 주면 좋겠다고 말했다. 그녀가 제시한 보수는 번역이나 통역보다 월등히 높았다.

"티나가 너무 영리해서 걱정이에요. 한 번도 묻지 않았지만, 생모가 왜 자기를 버렸는지 궁금해 하는 거 같아요."

남자가 말했다. 아이의 이름이 티나라는 것을 알았다.

"우리는 티나를 데려오기 위해 서울에 갔어요, 두 번째 생일을 막 넘긴 티나는 눈빛이 초롱초롱한 아기였죠. 비행기를 타고 오는 내내 울었어요. 멀리 떠난다는 사실을 아는 거처럼요."

여자가 시선을 뒷마당의 살구나무로 돌렸다. 그림 속의 바다보다 파란 그녀의 눈에 짙은 우수가 깔려 있었다. 머릿속이 복잡했다. 아이들을 좋아하지도 않고, 아이를 가르쳐 본 적도 없었다. 돈에 마음이 끌렸지만 자신이 없었다. 못 한다고 할까?

"아이를 가르쳐 본 적은 없지만 해 보겠습니다."

생각과 다른 말이 내 입 밖으로 나갔다. 불안해 보이기도 하고, 안타까움에 사로잡힌 듯도 보이는 부부의 간절한 눈빛을 보고 있자니 '못하겠습니다'라는 말이 나오지 않았다.

"고마워요."

여자의 얼굴에 안도의 미소가 번졌다. 남자가 자기는 프로 골퍼들을 가르치는 선생님이고, 아내는 화장품 회사의 임원이라고 자신들을 소개했다. 월요일과 목요일 오후에 50분씩 티나를 가르치기로 했다.

남자가 2층을 향해 소리쳤다.

"티나. 좀 내려올래?"

남자의 말이 떨어지기 무섭게 쿵쾅거리며 계단을 뛰어 내려오는 소리가 들렸다. 동글납작한 얼굴에 가무잡잡한 피부의 여자아이가 거실로 들어섰다. 긴 머리가 오른쪽 뺨을 반쯤 가리고 있었다.

　　"티나, 네게 한국말을 가르쳐주실 선생님이야. 인사해."

　　티나라고 불린 여자아이는 고개조차 숙이지 않고 말끄러미 나를 쳐다보았다. 내게 다가오지도 않았고, 자리에 앉지도 않았다. 손톱을 물어뜯으면서 탐색하듯 내 얼굴과 옷차림과 가방을 살폈다. 쌍꺼풀 없는 작은 눈 속에서 눈동자가 빠르게 움직였다.

　　바르샤바에서 아이에게 한국말을 가르치게 될 줄 몰랐기 때문에 마땅히 쓸 만한 교재가 없었다. 스케치북과 12색 사인펜을 샀다. 자음은 가로줄에, 모음은 세로줄에 적었다. 사인펜과 스케치북을 가지고 티나의 집으로 갔다. 차와 쿠키를 내온 가사도우미가 티나를 데리고 올 테니 조금만 기다리라고 말했다. 찻잔이 바닥을 보일 때까지 기다렸지만 티나는 오지 않았다. 아무래도 내가 2층으로 가야 할 것 같았다. 소파에서 일어서는 순간 문 앞에 티나가 나타났다. 티나는 거실로 들어오지 않고 문간에 우두커니 서 있었다. 통통한 몸집에 인자한 표정의 도우미가 티나의 등을 밀며 "어서 들어가. 선생님 기다리시잖아." 하고 말했다. 못 이긴 척하며 티나가 거실로 들어왔다.

"저번엔 인사를 제대로 못 했지? 나는 유진이야. 만나서 반가워."

악수를 청하는 내 손을 티나가 탁 소리 나게 치더니 팔짱을 꼈다. 내게는 눈길 한 번 주지 않고 살구나무 쪽으로 시선을 돌렸다. 어떻게 수업을 시작하지? 곤혹스러웠다.

"음, 티나. 공부하기 싫어?"

창문 앞으로 다가간 티나가 유리창에 이마를 대고 웅얼거리듯 콧노래를 불렀다. 멜로디가 애잔하고 슬펐다. 나는 끊어질 듯 이어지는 노래를 들으며 소파에 앉아 있었다. 티나를 수업으로 이끌 만한 묘안이 떠오르지 않았다. 벽면을 가득 메운 그림들에 시선이 갔다. 큰 그림은 55인치 모니터만 하고, 작은 그림은 32인치 모니터만 했다. 붓 터치가 비슷한 것으로 보아 한 사람이 그린 것 같은데 컬렉션이라고 하기에는 뭔가 부족했다. 오른쪽으로 선체를 살짝 기울인 배가 뒷바람을 맞으며 나아오는 그림이 내 마음에 들었다. 팽팽한 돛들이 노란 노을 속에 떠 있고, 바람에 날리는 포말도 금빛으로 빛났다.

"저 그림이 마음에 들어요?"

티나가 먼저 말을 걸었다. 나는 못 들은 척했다. 티나가 내 곁으로 다가앉았다. 티나가 낚시에 걸린 거 같아서 마음속으로 쾌재를 불렀다. 한동안 뜸을 들이다가 무심을 가장하고 심상하게 대답했다.

"요즘은 저런 배를 볼 수 없잖아. 노랗게 물든 하늘도 마음에 들고."

"나는 해가 뜨는 저 그림이 좋아요."

"왜?"

"빨간색이 좋아서요. 해가 바다 위를 달려오는 거 같잖아요. 언젠가는 저런 바다를 보러 갈 거예요."

"그렇구나, 멀고 먼 곳이지만 꼭 갈 수 있을 거야. 티나, 이제 공부할까?"

나는 기회다 싶어 스케치북을 펼쳐서 티나 앞에 놓았다. 스케치북을 물끄러미 바라보던 티나가 스케치북을 들어서 내 얼굴에 던졌다. 사태를 파악하기도 전에 티나가 잽싸게 거실 밖으로 달아났다. 창졸간에 일어난 일이기도 하고 전혀 예상하지 못했던 일이기도 해서 손으로 얼굴을 가린다거나 하는 방어 태세를 취하지 못했다. 커다란 손바닥에 면상을 맞은 느낌이었다. 어이가 없었고, 화가 났다. 보수가 특별히 높은 이유가 이것이었나?

도우미 아주머니가 들어와서 바닥에 있던 스케치북을 집어서 탁자 위에 올려놓았다. 그녀는 무슨 일이 일어났는지 아는 것처럼 내 등을 쓰다듬으며 속상해 하지 말라고 말했다. 내 눈을 들여다보며 턱짓으로 정원을 가리켰다. 나는 고맙다고 말하고 정원으로 갔다.

벽돌담 대신 초록색 철망이 집의 경계를 이루고 있어서 오른쪽

집과 왼쪽 집의 정원이 모두 잘 보였다. 티나는 철망 앞에 쪼그리고 앉아 있었다. 발소리를 죽이며 다가갔다. 티나는 내가 바짝 다가갈 때까지 꼼짝도 하지 않았다. 몹시 열중해서 뭔가를 하고 있었다. 도대체 무얼 하는 건지 궁금했다. 티나가 일어섰다. 몸을 돌리던 티나가 나를 보고 깜짝 놀라며 멈춰 섰다.

내가 무슨 말을 하기도 전에 티나가 동그랗게 오므렸던 손을 펴서 불쑥 내밀었다. 손바닥 위에 초록색으로 빛나는 작은 벌레가 놓여 있었다. 나는 곤충이나 벌레는 질색이었다. 얼른 몸을 돌려 달아났다. 티나가 큰 소리로 웃었다. 거실로 들어와서 시계를 보았다. 50분이 되려면 아직 멀었다. 복잡한 상념에 시달리고 있을 때 티나가 거실로 들어왔다.

"장미 풍뎅이예요. 예쁘죠? 한 번 만져 볼래요?"

티나가 풍뎅이를 내밀며 물었다. 빛이 비치는 방향에 따라 진초록색 풍뎅이의 등이 순간순간 금빛으로 빛났다. 호들갑스럽게 도망친 게 무안할 정도로 매혹적인 색이었다.

"티나는 곤충이나 벌레가 좋아?"

"귀엽잖아요."

"귀여워? 나는 징그러운데. 하지만 이 풍뎅이는 예뻐."

"죽은 시체는 징그럽죠. 하지만 살아 있는 애들은 모두 귀여워요."

티나가 풍뎅이는 딱지날개를 펴고 날고, 풍이는 딱지날개를 접고 난다고 말해주었다. 이럴 때 티나는 영리한 소녀라는 의미의 '티나'라는 이름에 딱 맞는, 지적 호기심이 가득한 귀여운 꼬마였다. 자음 하나 가르치지 못했다는 사실에 마음이 편치 않았지만, 같이 말을 나누고 풍뎅이도 보고, 좀 친해진 거로 만족했다. 탁자 위의 봉투를 집어서 가방에 넣었다.

티나 아버지는 딸이 지나치게 영리해서 걱정이라고 했다. 우아하고 교양 있는 티나 엄마의 파란 눈에는 안타까움과 슬픔이 서려 있었다. 그들을 생각하니 흐릿하던 책임감이 선명하게 윤곽을 드러냈다. 티나는 공부 자체가 싫은 걸까? 아니면 내가 싫은 걸까? 스케치북을 던진 행동과 풍뎅이를 조심스럽게 내밀던 행동 사이에 일관성이 없어서 갈피를 잡기 어려웠다. 일단 교재부터 구하기로 했다. 국립국어원 홈페이지에 들어가서 자료를 찾아보았다. 누구나 다양한 교재를 다운로드받을 수 있었다. 나는 초등학교 1학년 교재를 찾아서 태블릿 피시에 내려받았다.

티나에게 가는 내내 걱정이 앞선다. 마음을 단단히 먹었지만 티나의 행동을 예측할 수 없어서 불안하다. 도우미 아주머니가 현관문을 열어주며 티나가 거실에 있다고 말했다.
"티나, 잘 있었니?"
나는 일부러 쾌활한 목소리로 인사했다. 티나는 창가에 서서 살구나무를 보고 있었다. 나무에는 초록색 작은 살구들이 셀 수 없이 많이 달려 있었다.

"선생님이 인사하는데 왜 그러고 서 있어?"

도우미 아주머니가 티나를 나무랐다. 티나는 못 들은 척하며 팔짱을 낀 채 그대로 서 있었다. 나는 아주머니에게 고맙다고 말하고 나가시라고 했다. 아주머니가 눈을 찡긋하더니 오렌지와 쿠키를 탁자 위에 놓고 거실을 나갔다.

소파에 앉아서 기다렸다. 침묵이 지루했는지 티나가 쿠키를 집어 들고 맞은편에 가서 앉았다. 티나는 쿠키를 먹지 않고 가만히 들여다보기만 했다. 어색한 분위기에서 벗어나기 위해 나도 쿠키를 하나 집어 들었다. 쿠키를 한 입 베어 물기도 전에 내 얼굴에 쿠키가 날아왔다. 반사적으로 고개를 돌렸지만 쿠키는 내 왼쪽 뺨에 맞고 소파에 떨어졌다. 티나는 접시에서 쿠키를 하나 더 집어서 내게 또 던졌다. 이번에는 제대로 피했다. 냉정함을 잃지 않으려고 애쓰며 티나에게 쿠키를 주워서 접시에 담으라고 말했다. 티나는 꼼짝도 하지 않고 앉아서 적의에 찬 눈빛으로 나를 보았다. 나는 티나를 제압해야겠다고 결심했다. 벌떡 일어나서 티나 쪽으로 갔다. 티나는 달아나지 않고 그대로 앉아 있었다. 티나의 두 손을 꽉 잡고 물었다.

"오지 말까? 네가 오지 말라고 하면 안 올 거야."

티나는 손을 잡힌 채 가만히 있었다. 내 손을 뿌리치지 않아서 다행이었다. 내가 오기를 원한다고 자의적으로 해석했다. 다시 한번 물었다.

"내가 안 오면 좋겠어? 그럼 갈게."

금방이라도 갈 것처럼 몸을 돌리는 시늉을 하자 티나가 고개를 흔들었다. 내가 손아귀의 힘을 뺐는데도 티나는 손을 빼내지 않았다. 나는 부드럽게 티나의 손을 쓰다듬었다.

"티나, 나는 너에게 한국말을 가르치러 왔어. 내가 오기를 바란다면 너는 공부를 해야 해. 몇 분이라도 좋으니까 조금만 하자."

티나의 침묵을 동의로 받아들인 나는 태블릿 피시를 켰다. 스케치북도 티나 앞에 펼쳐 놓았다. 티나는 스케치북에 눈길도 주지 않은 채 손가락으로 머리카락을 배배 꼬면서 노래를 불렀다. 첫날 티나가 살구나무를 보며 콧노래를 흥얼거렸던 게 떠올랐다. 무슨 노래인지 물었지만 티나는 대답하지 않았다.

"가로줄은 자음이고, 세로줄은 모음인데 이렇게 읽어."

발성 연습을 할 때처럼 입 모양에 신경이 쓰였다. 큰 소리로 서너 번 읽은 다음 또박또박 하나씩 썼다. 티나는 여전히 노래를 부르고 있었다. 달래꽃, 달래꽃이라고 하는 것 같았다. 나는 스케치북을 넘겨서 '달래꽃'이라고 썼다.

"네가 지금 달래꽃이라고 노래 불렀지? 한글로 이렇게 써."

티나가 곁눈질로 내가 쓴 글씨를 훔쳐보았다. 티나의 관심에 고무된 나는 스케치북 앞장을 다시 폈다.

"빈칸을 메우는 게 숙제야. 숙제를 열심히 하면 금방 달래꽃을 쓸 수 있을 거야."

티나가 스케치북을 집어 들었다. 글씨를 자세히 보려고 하는 줄 알았는데 내 기대와 달리 아이는 스케치북을 찢었다. 그리고 눈을 흘기며 나를 노려보았다. 어린아이 눈이라고 할 수 없을 정도로 파란 불꽃이 튀었다. 달래야 할지, 야단을 쳐야 할지 알지 못했다. 마음 같아서는 꿀밤이라도 한 대 주고 싶었다. 웃으면서 먹이는 꿀밤에는 애정과 질책을 동시에 담을 수 있지만, 문화도 다르고 언어도 달라서 묘수가 떠오르지 않았다. 찢어진 스케치북 조각을 펴서 탁자 위에 올려놓았다. 가벼운 한숨이 나왔다.

스케치북을 찢고, 쿠키를 던지고, 눈을 흘기면서도 티나는 어느새 자음과 모음을 다 익혔다. 노래를 부르고, 딴청을 하면서도 내 말을 주의 깊게 들었음이 분명했다. 티나의 한글 습득 속도가 빠른 게 그나마 위안이 되었다. 어휘 공부를 시작했다. 페이지를 열자 그림 옆에 아빠, 엄마, 아가 등 가족과 관련한 낱말들이 적혀 있었다.

"폴란드 말의 맘이 한국말로 엄마야, 한번 읽어 볼래? 엄ㅡ마."

티나가 갑자기 나를 주먹으로 때렸다. 그리고 거실 밖으로 달려나갔다. 한참이 지나도 티나는 돌아오지 않았다. 나는 평소처럼 꾀를 부리는 줄 알았다.

도우미 아주머니가 빠른 걸음으로 들어와서 티나가 지금 엄마한테 전화하고 있다고 말했다. 선생님이 자기를 때려서 코피가 난다고 했다는 거다. 아찔했다. 아동 폭력과 같은 단어가 머리를 스치고 지나갔다. 티나 엄마에게, 아빠에게 무슨 말을 어떻게 해야 하지? 그들이 내 말을 믿어줄까? 이스트를 넣은 밀가루 반죽처럼 우려가 점점 크게 부풀었다. 제 손으로 콧구멍을 후벼 파서 일부러 피를 낸 거니 걱정하지 말라고 도우미 아주머니가 나를 안심시켰다.

현관문이 열리는 소리가 났다. 내가 현관으로 나가는 것과 동시에 2층에서 뛰어 내려온 티나가 아빠 품에 폭삭 안겼다.

"티나, 무슨 일이니? 왜 그래?"

티나는 아빠 품에 안겨서 엉엉 울었다.

"선생님이 나를 때렸어요."

티나의 작은 콧구멍을 막고 있는 하얀 솜뭉치가 보였다. 티나 아빠가 딸을 안고 계단을 올라갔다. 도우미 아주머니가 뒤를 따랐다. 나는 이참에 그만두어야겠다고 생각했다. 돈도 좋지만 정신적인 소모가 너무 컸다. 티나 아빠가 거실로 들어왔다.

"사춘기가 벌써 왔나 봐요."

그가 소파에 털썩 주저앉으며 말했다.

"엄마라는 말 때문에 그랬을 거예요. 생모가 생각났나 봐요."

내가 말했다.

"나와 집사람이 아무리 노력해도 티나에게 온전한 부모가 될 수는 없나 봅니다."

그가 자조적인 웃음을 지었다.

"아내가 지금 오고 있어요. 선생님에게 묻고 싶은 말도 있고, 듣고 싶은 말도 많대요."

"티나 어머니가 오해하시지 않으면 좋겠어요. 제가 티나를 때린 게 아니예요."

"도우미 아주머니가 그러더군요. 티나가 화장실에서 자기 코를 후벼 파서 피를 낸 거라고요. 아주머니 말도, 선생님 말도 믿어요. 그래서 걱정이 더 큽니다."

티나 엄마가 거실로 들어섰다. 그녀는 나와 단둘이 이야기하고 싶다고 했다. 티나 아빠는 티나를 돌보러 2층으로 올라갔다.

"제가 때린 게 아닙니다."

나는 티나 엄마에게 믿어달라고 말했다.

"믿어요. 그런데 티나가 왜 그랬을까요?"

그녀가 간절한 눈빛으로 나를 보았다. 나는 조금 전 티나 아빠에게 했던 말을 되풀이하는 수밖에 없었다. '엄마'라는 말 때문이었을 거라고. 말을 하고 보니 정말 그랬을지도 모른다는 생각이 들었다. 티나는 자기를 버린 엄마를 때려주고 싶었던 건지도 모른다.

"제 역량이 부족한 거 같아요. 그만 오고 싶어요. 다른 선생님을 구해 보세요."

그녀가 작게 한숨을 쉬며 제발 부탁이니 계속 와달라고 말했다. 페이도 올려주겠다면서. 조만간 아파트 재계약을 해야 하는데 월세가 하루가 다르게 오르고 있었다. 이왕 시작했으니 조금만 더 해 볼까 생각하다가도 오늘보다 더 큰 일이 생기면 감당할 수 없을 거 같기도 했다. 내 눈치를 보며 그녀가 말을 이었다.

"티나를 너무 사랑해요. 하지만 언제 티나를 빼앗길지 몰라 항상 불안하죠. 생모가 돌려달라고 하면 보내는 수밖에 없잖아요. 티나가 언제 친엄마에게 갈지 모르니 한국말을 꼭 가르쳐야 해요."

"무슨 말씀이신지? 티나를 뺏길지도 모른다니요?"

그녀는 입양한 아이를 친부모가 데려가는 일이 흔하다고 했다. 친부모의 친권이 양부모의 양육권에 우선한다고, 법이 그렇다고 말했다.

"내일도 티나를 안을 수 있을까? 내일도 티나의 뺨에 뽀뽀할 수 있을까? 살얼음 위를 걷듯 그렇게 살아왔어요."

불안을 안고 하루하루 살아내야 하는 삶의 무게를 조금은 느낄 수 있었다. 이별을 두려워하면서도 티나의 행복을 생각하는 그녀를 보며 부끄러움과 부채감을 동시에 느꼈다. 나는 다시 오겠다고 말하고 일어섰다.

입양아에 관한 법이 불합리하다고 생각했지만 내가 할 수 있는 일이 없었다. 나는 아직도 아기들을 해외로 내보내는 대한민국에 화가 났다. 티나 같은 아이를 21세기에도 봐야 하다니…. 전쟁이 난 것도 아니고, GDP가 세계 12위나 되는 나라에서. 실망했고, 속이 상했다. 해외입양 부모가 언제라도 아이를 뺏길 수 있는지 확인할 필요가 있었다. 온종일 컴퓨터 앞에 앉아서 입양 제도에 관해 조사했다.

미국을 비롯한 대부분의 나라에서 국내입양의 경우 친모가 입양아를 만날 권리를 인정해 주고 있었다. 양부모들이 고액의 경비를 부담하면서 해외에서 아이를 입양하는 이유가 친부모에 대한 후속 서비스에 신경 쓸 필요가 없기 때문이라고 한다. 티나의 부모도 그런 이유로 한국 아이를 입양했을 것이다. 그런데 왜 그렇게 불안에 떨까? 우리나라는 해외입양의 경우에도 국내입양과 같은 의무를 지우는지 궁금했다.

나는 중앙입양원에 티나 생모가 언제든지 아이를 한국으로 데려갈 수 있는지 물었다. 그리고 생모에 대한 정보도 요청했다. 중앙입양원은 입양아 본인이 문의하더라도 법률에 근거해 생모의 동의 없이는 어떤 정보도 공개할 수 없다고 회신했다. 티나의 생모가 정보공개에 동의했는지 알고 싶다는 메일을 또 보냈다. 답신을 기다리는 동안 티나를 보는 날이 돌아왔다.

코피 사건 이후 도우미 아주머니 대신 티나 엄마가 나를 맞이했다. 티나는 이제 스케치북이나 쿠키를 던지지 않았다. 그렇다고 해서 나를 골탕 먹이는 일을 멈춘 것은 아니다. 고함을 치거나 정원으로 나가지는 않았지만, 내 인내심을 시험하는 것처럼 모든 수단을 동원해서 소리 없는 반항을 계속했다. 탁자 밑으로 들어가고, 드러누워서 뒹굴고, 사인펜으로 낙서를 하고, 혀를 내밀고, 인상을 썼다. 얌전히 앉아 있는 시간은 30분도 되지 않았다. 수업이 아니라 전투였고, 나는 지기만 하는 병사였다.

어느 날 티나가 레슬링을 하자고 졸랐다. 내가 싫다고 했지만 막무가내였다. 소파의 등받이 위로 올라간 티나가 펄쩍 뛰어내리며 팔로 내 목을 휘감았다. 두 다리로 내 옆구리를 조이며 매미처럼 등에 찰싹 달라붙었다. 팔을 풀려고 했지만, 예상외로 티나의 팔심이 셌다. 실랑이하다가 티나를 매단 채 빙빙 돌았다. 티나가 깔깔거리고 웃었다. 그 틈을 타서 티나의 겨드랑이를 잡고 번쩍 들어서 소파에 내동댕이쳤다. 티나는 꼼짝도 하지 않고 누워 있었다.

처음엔 장난이겠거니 했는데 한참이 지나도 기척이 없었다. 깜짝 놀라서 티나를 흔들며 괜찮은 거냐고 물었다. 눈을 감고 누워 있던 티나가 배시시 웃었다. 내가 안도의 한숨을 내쉬는 순간 티나가 손톱을 세우며 어흥 하고 덤벼들었다. 깜짝 놀라서 뒤로 물러나다 카펫 위에 엉덩방아를 찧으며 나동그라지고 말았다. 나도 꼼짝하지 않고 가만히 있었다. 지루한 정적이 이어졌다.

애잔한 멜로디가 정적을 깼다. 티나가 두 팔로 무릎을 감싸 안고 노래를 부르고 있었다. 이제야 가사를 분명히 알아들었다. 달래꽃이 아니라 달레꼬였다. 반복되는 거로 보아 후렴 같았다. 달레꼬는 폴란드어로 멀다는 뜻이다. 슬픈 멜로디 때문인지, 웅크리고 앉은 티나의 모습 때문인지, 달레꼬 달레꼬라는 가사 때문인지 티나를 안아주고 싶어졌다. 티나는 어쩌다가 이렇게 먼 곳까지 오게 되었을까. 내 마음을 행동으로 옮기기 전에 티나가 거실 밖으로 나갔다. 수업이 끝난 줄 알고 티나 엄마가 차를 가지고 들어왔다. 나는 그녀에게 중앙입양원에서 받은 첫 번째 회신 내용을 전달했다.

"그렇다면 우리가 보내는 편지가 친부모에게 전달되지 않았다는 건가요?"

그녀가 의아한 표정으로 물었다. 그녀는 티나의 친부모를 위해 티나의 성장 과정을 한 달 단위로 상세하게 기록한 긴 편지를 매년 쓴다고 했다. 여러 장의 사진을 동봉해서 입양기관에 보내는데, 티나의 친부모가 편지를 읽는다고 믿고 있었다.

"티나가 목마를 타고, 인형 놀이를 하고, 유치원에서 노래를 부르고, 학교에 가는, 이 모든 모습을 사진으로 찍어서 보냈어요."

나는 편지가 티나의 생모에게 전달되었는지 알아보겠다고 말했다.

생모의 정보공개 동의 여부에 대한 회신이 오지 않아서 메일을 또 썼고, 티나 엄마의 편지가 생모에게 전달되었는지도 물었다. 알려줄 수 없다는 성의 없는 회신을 받았다. 높은 벽에 가로막힌 느낌이었다.

나는 폴란드 친구에게 '달레꼬, 달레꼬'라는 노래를 아느냐고 물었다. 친구는 유명한 노래라고 했다. 2차대전 당시 어머니가 폴란드 사람인 러시아 병사가 있었다. 폴란드로 파병된 병사가 외갓집을 보며 어머니가 그리워서 부른 노래인데 나중에 대중가요가 되었다고 말해 주었다. '달레꼬, 달레꼬'가 노래 제목이었다.

수업을 시작하기 전에 티나에게 달래꽃이라는 꽃을 아는지 물었다.

"네 노래를 처음 들었을 때, 달래꽃, 달래꽃, 이라고 하는 줄 알았어."

풍뎅이에 대해 말할 때처럼 티나의 눈이 반짝였다. 나는 태블릿 피시에 저장해 둔 사진을 보여 주었다. 줄기 끝에 방울 모양으로 피어 있는 작은 보라색 꽃들과 시장에서 파는 뿌리 달린 달래와, 갖은양념으로 무친 달래 나물 사진도 보여 주었다. 한국에서는 봄이 되면 달래 나물을 먹는다는 말에 티나가 눈을 동그랗게 뜨고 어깨를 으쓱했다. 그 뒤로 나는 티나가 딴짓을 할 때마다 달래꽃이라고 발음하며 달레꼬를 불렀다. 그럴 때면 티나는 하던 짓을 멈추고 웃었다.

티나 엄마를 만난 나는 티나가 성인이 되기 전까지는 친부모에게 티나의 소식을 전하지 않는다고 말했다. 우리나라 법이 그렇다는 말도 덧붙였다.

"그렇다면 내가 보낸 편지들은 어디로 가는 거죠? 기관에서 가지고 있나요?"

안도하는 것 같던 그녀가 재차 물었다.

"…, 음 아마 그럴 거예요. 티나가 성인이 된 이후에 전해 준대요."

나는 확인되지 않은 사실을 진실인 것처럼 말했다. 이별에 대한 불안으로 가득한 그녀를 보고 있자니 나도 모르게 그런 말이 나왔다.

"정말이죠? 유진, 정말 그런 거죠? 티나가 성인이 되기 전까지 친부모는 티나가 어디 있는지 모르는 거죠?"

내가 고개를 끄덕였지만, 그녀는 웃지 않았다. 오히려 푸른 눈에 물기가 살짝 어렸다.

나 역시 편지들이 어디로 가는지 궁금했지만 알아낼 방법이 없었다. 모든 입양 부모들이 그녀처럼 긴 편지를 보내는데 친부모에게 전달되지 않는다면 편지들은 모두 버려지는 건가? 티나의 엄마만 편지를 보내는 건가? 열심히 조사해 보았지만 해외에 있는 입양 부모가 아이에 대한 보고서를 입양기관에 매년 보내야 한다는 의무사항 같은 건 찾지 못했다. 티나의 친부모가 편지를 받아보기를 바라는 마음과 티나가 성인이 될 때까지 받아보지 못하면 좋겠다는 마음이 뒤섞였다. 티나 엄마도 그럴 거 같았다.

아담한 그 거실에서는 시선을 어디로 두던 바다 그림과 부딪혔다. 티나와 관련이 없다면 도배하다시피 걸어 두지는 않았을 거 같았다. 폴란드 친구들 집에 가면 으레 유화가 한 두 점 걸려 있기는 했다. 정물화가 제일 많았고, 밀밭에서 추수하는 농부나 사과밭 같은 풍경화가 뒤를 이었다.

"바다를 좋아하시나 봐요?"

"내가 아니라 티나가 좋아해요."

티나를 위한 그림일 거라는 내 짐작이 맞았다.

"티나가 발견된 곳이 바닷가에 있는 작은 교회 앞이었대요. 잠투정이 심해서 밤마다 애를 먹었어요. 자연의 소리를 담은 수면 유도 음악을 들려주었는데, 파도 소리가 가장 효과가 있었죠. 동화책을 읽을 때도 그랬어요. 펜을 그림책의 특정한 부분에 대면 소리가 나는 동화책 알죠? 그때도 갈매기 울음소리가 나면 까르르 웃더라고요."

"아, 티나가 부르는 노래에 '바다 건너 멀리'라는 가사가 있던데 그래서 좋아하는 거군요"

"티나가 보챌 때마다 등에 업고 살구나무 아래서 달레꼬를 불러주었어요. 티나가 몸을 흔들며 박자를 맞추는 거 같았거든요.

그래서 나는 티나가 이 노래를 좋아한다고 생각했어요."

"티나를 업어주셨어요? 어떻게요?"

"티나를 돌보던 위탁모가 포대기를 선물로 주며 아기 업는 법을 알려주었어요. 남편과 번갈아서 업었어요. 집 안에서만."

그녀는 환경의 변화를 덜 느껴야 아기가 정서적으로 안정될 거 같아서 업는 법을 배웠다고 했고, 자연관찰을 좋아하는 티나는 틀림없이 훌륭한 과학자가 될 거라며 웃었다. 영락없는 딸바보 엄마였다.

"제게 풍뎅이를 내밀어서 놀랐어요. 저는 곤충이나 벌레는 질색이거든요."

"그랬군요. 미안해서 어쩌죠? 달팽이, 무당벌레, 잠자리, 바구미, 온갖 것들을 집안으로 가지고 와요. 관찰한 후에는 다시 살려주는데 그런 모습이 너무 사랑스러워요."

그녀는 아이의 사랑스러운 모습을 자신만 보는 게 미안해서 긴 편지를 썼고, 티나가 친부모와 재회했을 때 사랑이나 그리운 감정을 주고받을 수 있도록 한국말을 가르쳐야 한다고 말했다. 나는 그녀처럼 할 수 없을 거 같았다. 편지를 쓰지도 않을 거고, 한국말을 가르치지도 않을 거고, 한국이라는 나라 자체를 아예 모르게 할 거 같았다.

티나는 이제 나와 함께 0세에서 4세까지의 아기들을 위한 그림

동화를 읽는다. 한글학교에서 빌린 전집을 티나네 집에 가져다주었다. 『염소로 변한 닭』을 읽고 나서 티나는 달걀이 염소가 되는데 걸리는 시간이 얼마일지 계산했다. 집 앞의 시장에 가서 달걀과 닭과 염소의 가격을 조사했다고 한다. 두 뺨을 발갛게 물들이며 열심히 설명하는 티나의 모습이 귀엽고 사랑스러웠다.

『다시 찾은 돈 자루』를 읽고서는 노랑이 영감의 어리석음을 비웃었다. 『수다쟁이와 새털』을 읽고서는 깔깔거리며 웃었다. 새의 깃털이 얼마나 가벼운지, 얼마나 쉽게 날아가는지 모르는 수다쟁이 아줌마는 바보라고 흉을 보다가 두 손으로 입을 가렸다.

"아, 내가 수다쟁이 아줌마가 되었네요. 후유, 큰일 날 뻔했다."

티나와 나는 하이파이브를 했고, 함께 웃었다.

어느 날 티나가 『진짜 엄마와 가짜 엄마』를 들고 왔다. 가슴이 철렁했다. 저 책을 왜 미리 걸러내지 못했을까 후회하며 가슴을 쳤다.

"티나, 그 책 말고 부자의 세 친구 읽을까? 아니면 하늘나라의 저울을 읽든가."

"왜요?"

다른 책을 읽자고 달랬지만 티나는 막무가내였다. 나는 온몸의 신경줄이 팽팽하게 당겨지는 것을 느꼈다. 함께 읽을 수가 없었다. 더듬거리며 혼자 책을 읽은 티나가 미간에 날을 세우고 내게 달려들었다. 내 얼굴과 가슴을 닥치는 대로 때렸다. 나는 피하지 않고 그대로 맞았다. 티나가 무슨 생각을 하는지 충분히 이해했기 때문이다.

티나가 거실을 뛰쳐나갔다. 붙잡으려고 했지만 티나는 다람쥐처럼 재빠르게 정원을 가로질러 거리로 나갔다. 티나의 이름을 부르며 뒤를 쫓았다. 티나 엄마가 내 뒤를 따랐다. 티나가 전찻길을 건너자마자 보행자 신호가 빨간불로 바뀌었다. 인파 속으로 사라지는 티나의 뒷모습을 보며 그 자리에 서 있는 수밖에 없었다. 티나 엄마의 얼굴은 사색이 되어 있었다. 그녀의 손을 잡았다. 얼음처럼 차가운 손이 파들파들 떨렸다.

신호가 바뀌었다. 나는 그녀의 손을 놓고 티나가 사라진 쪽으로 내달렸다. 500m 정도 가면 티나가 다니는 초등학교가 있다. 운동장 구석구석을 찾아보았지만 티나는 없었다. 건물 안으로 들어가는 문은 잠겨 있었다. 학교를 나와 시장으로 갔다. 나무로 지은 조그만 가게들이 늘어서 있는 시장은 미로처럼 복잡했다. 빵집이나 정육점은 이미 문을 닫았고 과자 가게, 옷가게, 장난감 가게 등만 아직 열려 있었다.

"티나, 티나, 어딨니?"

티나의 이름을 목청껏 부르는 한편 사람들에게 검고 긴 머리를 한 조그만 여자아이를 보았는지 물었다. 시장을 몇 바퀴나 돌았지만 티나를 찾지 못했다. 티나가 갈만한 곳을 생각해내려고 애썼다. 시장 뒤에 아파트 단지가 있었다. 주택가보다 상대적으로 가난한 사람들이 사는 곳이다. 티나와 공부를 하고 있으면 가끔 살구나무 뒤 벽돌 담 위로 아이들이 올라왔다. 티나는 그 아이들이 아파트에 사는 아이들이라고 말했다. 살구가 익으면 더 많은 아이들이 담장을 넘는데, 티나의 엄마 아빠는 아이들이 살구를 따 가도록 둔다고 했다.

나는 아파트 단지로 달려갔다. 아이들이 떠드는 소리가 멀리까지 들렸다. 티나가 정원에서 곤충이나 벌레들과 노는 건 앞집에도 옆집에도 아이들이 없기 때문이었다. 한 무리의 아이들이 술래잡기를 하고 있었다. 티나는 보이지 않았다. 아이들에게 티나를 보았는지 물었다. 한 남자아이가 손가락으로 아파트 뒤편을 가리켰다. 뒤쪽으로 돌아가니 재활용품을 모으는 창고가 나왔다. 지붕만 있는 공간에 가구나 전기제품들이 쌓여 있었다. 나는 책상 아래서 티나를 찾아냈다. 티나는 머리를 무릎에 파묻은 채 공처럼 몸을 동그랗게 말고 있었다. 나는 나오라고 말하는 대신 허리를 구부리고 들어가 티나를 안았다. 티나를 안은 두 팔에 힘을 주었다. 티나가 조금도 움직이지 못하도록, 아니 숨도 쉬지 못할 정도로 꼭 안았다. 고개를 든 티나가 내 품에서 벗어나려고 안간힘을 썼다.

나는 자장가를 부르듯 나지막하게 달레꼬를 불렀다. 달레꼬, 달레꼬, 자 모젬 달레꼬(멀리, 멀리, 바다 건너 멀리). 티나는 버둥거림을 멈추고 가만히 노래를 들었다. 티나의 숨소리가 규칙적으로 변했을 때 포옹을 풀었다. 나는 두 손으로 티나의 얼굴을 감쌌다. 눈물로 범벅된 뺨에 머리카락이 아무렇게나 들러붙어 있었다.

머리카락을 귀 뒤로 넘기고 눈물을 닦아주었다. 바닥 저 아래에서부터 끌어올렸을 기운 때문에 아이 몸에서 열기가 느껴졌다. 나는 아이의 이마에 가볍게 입을 맞춘 후 작게 속삭이기 시작했다. 주위에 사람도 없었고, 있다 한들 한국말을 알아들을 리도 없었지만 나는 일부러 목소리를 낮추었다. 은밀한 이야기, 은밀하니 분명 소중한 이야기라는 느낌을 티나에게 주고 싶었다. 다소 가라앉았지만 그래서 거짓이 아닌, 그래서 결코 이기심도 아니고 악도 아닌, 진실이라는 인상을 주고 싶었다. 티나가 까만 눈동자를 굴리며 똑같이 까만 내 눈을 들여다보고 있었다. 그러니까, 티나…. 목이 메었지만 나는 계속 말을 이어나갔다. 아이가 알아들었는지 못 알아들었는지 알 수 없었다. 그러나 끝까지 말하기로 했다. 책상 아래 작은 공간을 티나와 나만의 비밀로 가득 채웠다. 비밀은 팔짱을 끼지도 않고, 스케치북이나 쿠키를 던지지도 않는, 착하고 부드러운 선율로 가득 찼다. 그러니까, 티나…. 나는 말할 수 있는 모든 것을 말했다. 비밀은 여기까지. 나도 모르게 주르르, 눈물이 흘렀다.

나는 티나를 품에 안고 큰 소리로 말했다.

"티나, 나 이제 네게 안 올 거야. 우리 티나, 씩씩하게 잘 살 거지? 너를 사랑해. 언제나 생각할 거야."

티나를 다시 꼭 끌어안았다. 자꾸 눈물이 났다. 왜 이러지? 주
책이야, 생각하면서도 감정을 다스리기가 어려웠다. 티나는 훌쩍
이는 내 품에 머리를 기대고 얌전히 안겨 있었다. 주머니에서 휴
대폰을 꺼내 티나 엄마에게 전화했다.

"티나, 엄마한테 가자."

티나의 손을 잡고 책상 밑에서 나왔다.

티나 엄마와 아빠가 집 앞에서 기다리고 있었다. 부부가 티나
를 향해 달려왔다. 티나 아빠가 티나를 번쩍 들어 올려서 품에 안
았다. 나는 티나 엄마에게 이제 오지 않겠다고 말했다.

"과외를 그만하시겠다니요. 그것도 지금 당장. 힘든 줄은 알지
만 이렇게 갑자기 그만두실 줄 몰랐어요."

"티나에게 모두 말했어요. 이해할 거예요. 영리한 아이잖아요."

"무슨 말을 했다는 거죠?"

"티나에게 물어보세요."

몸을 돌려서 전찻길을 향해 걸었다. 아이스크림 가게 앞에는
사람들이 길게 줄을 서 있었다. 키오스크의 신문은 다 팔렸다.

표지판에 적혀 있는 거리 이름은 뷔타 스트보샤(스트보샤에 오
신 걸 환영합니다).

티나, 스트보샤에 온 걸 환영해.

전차 정류장에 서서 하늘을 올려다보았다. 하늘이 유난히 푸르고 맑았다. 구름 한 점 없었다. 앞서거니 뒤서거니 흘러가는 엄마 구름과 아기 구름이라도 있으면 덜 허전할 텐데.

책상 아래에서 눈물이 그렁그렁한 티나의 눈을 들여다보며 나는 여러 가지 이야기를 했다. 그리고 진심으로 사과했다.

"티나, 정말 미안해. 너를 이렇게 멀고 먼 곳으로 오게 해서. 파도 소리도 들리지 않고 갈매기 울음소리도 듣지 못하지. 해가 물 위로 힘차게 뜨는 것도 볼 수 없고 수줍게 가라앉는 것도 보지 못 하지…."

그리고 말했다.

"한국 엄마는 죽었을지도 몰라, 티나. 그런데 한국 엄마는 가짜야. 살구나무 아래에서 너를 업고 달레꼬를 불러준 엄마가 진짜 엄마란다."

(『2020 신예작가』, 한국소설가협회)

틈

"다음 주 월요일부터 사회적 거리 두기가 2.5단계로 격상됩니다."

앵커의 말을 듣는 순간 순영의 가슴이 철렁 내려앉았다. 수도권 주민은 꼭 필요한 경우가 아니면 집 안에 머물러 주시기 바라며 모임과 약속은 취소하고 퇴근하면 바로 집으로 가시라는 안내문이 화면을 가득 채웠다. 밀려오는 두려움을 잠재우려 애쓰며 전문가라는 사람의 해설을 듣고 있는데 현관 밖이 소란스러웠다. 문 좀 열어보라는 남자 목소리와 쿵쾅거리는 소리가 섞여 있었다.

낙원빌라의 현관문은 가로세로 2m도 안 되는 좁은 공간을 사이에 두고 마주 보고 있다. 남향인 501호는 순영의 집이고 북향인 502호는 귀례의 집이다. 요즈음 현관문에는 엿보는 구멍이 없다. 카메라가 설치되어 있어서 집안에서 방문자의 얼굴을 볼 수 있지만, 벨을 누르지 않으면 카메라가 작동되지 않는다. 지금 같은 상황에서는 엿보는 구멍이 훨씬 쓸모 있다. 무슨 일인지 확인하고 싶은 마음이 간절한데도 순영은 차마 문을 열지 못하고 현관문에 귀만 갖다 댔다.

순영은 귀례가 집 안에 있다는 걸 안다. 두어 시간 전쯤 도어락의 번호를 누르는 소리와 비닐봉지가 부스럭거리는 소리를 들었다. 귀례는 동네 식당에서 김밥을 말고 주방일을 돕다가 저녁나절 집으로 돌아온다. 그녀와 마주치지 않기 위해 순영은 아무리 급한 일이 있어도 그 시간을 피해서 드나든다. 지은 죄도 없는데 내가 왜 이러지? 혹시 대인기피증인가? 실소하면서도 좌우간 귀례와 마주치기 싫은 것이다.

지금 502호 현관에서 일어나는 일이 몇 년 전에는 순영의 집 문 앞에서 일어났었다. 그때 순영은 회사에 다니고 있었다. 퇴근해서 집 안으로 들어서기 무섭게 귀례가 고함을 지르며 문을 두드렸다. 사람의 뇌에는 병원체나 혈액 속에 있는 위험 물질로부터 뇌를 안전하게 보호하는 '혈액-뇌 장벽'이 있다고 들었다. 순영은 사람의 마음이나 정신에도 혈액-뇌 장벽처럼 단단한 보호막이 있으면 좋겠다고 생각했다. 악에 받친 귀례의 목소리를 들을 때 특히 그랬다. 귀할 귀貴자와 예절을 의미하는 례禮를 이름으로 쓰는 것으로 보아 그녀의 부모는 딸이 귀하게 대접받기를 바랐던 것 같다. 아니면 예의를 잘 지키는 사람이 되기를 바랐거나….

30분이 지나도 소란은 멈추지 않았다. 대체 무슨 일일까? 귀례집 문 앞에서 소란을 피울 만큼 용감한 사람은 빌라 안에는 없다. 이 집 저 집 들쑤시고 다니는 사람은 언제나 귀례였다. 막무가내일 뿐 아니라 집요하기까지 한 그녀를 상대하려는 사람이 없었다. 낙원빌라에 심각하고 중차대한 일이 생긴 게 틀림없었다.

귀례의 첫인상이 순박하다고 느꼈던 건 남다르게 생긴 눈 때문이었다. 일반적으로 사람의 눈은 아래쪽이 직선에 가까운 아몬드 모양이다. 그런데 귀례의 눈은 앵그리 버드에 나오는 레드의 눈처럼 위가 직선이고 아래가 동그랬다. 레드의 눈은 굵은 일자 눈썹에 눈이 딱 붙어 있어서 그렇다지만 귀례의 눈은 눈썹에 붙어 있지도 않으면서 위쪽이 직선이어서 마치 반으로 잘린 박 같았다. 흰자위가 많이 드러난 데다 눈동자가 살짝 가운데로 모여 있어서 일면 어벙하고 속없어 보였다.

순영이 빌라 안의 누구와도 교류하지 않은 지 2년이 되어 간다. 선의가 끝없는 괴롭힘으로 돌아왔을 때 몇 번이나 이사하려고 했다. 이 동네 저 동네 다리가 아프게 돌아다녔지만 낙원빌라 501호보다 햇빛이 잘 드는 집이 없었다. 좁은 골목을 사이에 두고 들어서 있는 집들은 한낮에도 창백하고 차가운 응달에 잠겨 있었다. 순영은 낙원빌라 501호와 처음 만났을 때 받았던 감동을 아직 잊지 못한다.

계단식으로 지어진 탓에 낙원빌라는 위로 갈수록 집이 작아졌다. 순영이 집을 보러 갔을 때 열 채의 집 중 301호만 팔린 상태였다. 돈이 없다고 하자 건축주가 502호를 보여주었다. 베란다가 넓어서 시원한 느낌이 들긴 했으나 집 안에 들어찬 빛이 서늘한 무채색이었다. 순영은 고개를 저었다. 건축주가 맞은편에 있는 501호 문을 열었다. 현관까지 들이치는 따뜻한 빛에 단번에 매혹된 순영은 햇빛 값을 천만 원으로 치기로 했다. 502호보다 반 평 정도 면적이 좁았으나 집값은 같았기 때문이다.

"작아도 남향집을 해야지."

건축주가 말했다.

사리에 맞는 조언이라 여겨져 신뢰가 갔고 그 자리에서 계약했다. 대출받아서 샀기 때문에 원금과 이자를 갚느라 힘들었지만 501호는 순영의 기대를 저버리지 않았다. 현관까지 들어오는 햇빛 덕분에 아무리 추운 겨울날에도 낮에는 보일러를 켤 필요가 없었고, 한여름에는 세 방향으로 난 창문에서 바람이 시원하게 불어왔다. 전기 수도 가스비에 공용 요금과 청소비까지 합해도 오륙만 원이면 충분했다.

낙원 빌라로 이사한 지 2년이 다 되어 가던 어느 일요일에 귀례가 순영의 집 문을 두드렸다. 김이 무럭무럭 나는 칼국수와 김치가 담긴 쟁반을 들고 서 있는 귀례를 보자 순영은 미안한 마음이 앞섰다. 마주 보고 살면서도 제대로 인사 한번 하지 못했다. 밀가루 음식을 좋아하지 않았지만 차마 내색하지 못하고 마주 앉아서 먹었다. 다 먹고 나서야 귀례가 입을 열었다. 낙원빌라를 위해 작은 일 하나를 해 달라며 옥상에 있는 화단이 문제라는 걸 아는지 물었다. 화단이 문제라니 무슨 뚱딴지같은 말을 하나 싶었다.

"건축주가 방수공사 하지 않으려고 편법으로 화단을 만든 거예요. 벽돌 몇 장 놓고 합판을 깐 다음 화단을 꾸민 거라고요."

"그게 어때서요?"

"합판이 썩으면 화단이 무너지겠죠. 방수공사를 하지 않았으니 비가 샐 거예요. 302호 권사님이 그러는데 하자보수를 위해 건축주가 예치해 둔 돈이 있대요. 하자보수보증금이라는 건데 2년이 지나면 못 받는대요. 그 돈을 받아야 해요."

난생처음 듣는 말이었다. 그런 돈이 있다면 받아내는 게 맞다. 순영은 자신이 모르는 일을 아는 귀례가 똑똑해 보였다.

"보증보험회사에서 돈을 받으려면 주민들이 인감증명서를 첨부해서 과반수가 서명한 서류를 내야 하는데 501호가 좀 해 주면 안 될까요?"

"내가요? 왜요? 나는 그런 거 알지도 못하는데?"

말은 그렇게 하면서도 순영은 하기로 마음먹었다. 아무렇게나 버려진 쓰레기를 치우거나, 쌓인 눈을 쓸거나, 주차장의 꽁초를 줍는 일을 아래층에 사는 팔십 넘은 할아버지가 하고 있었다. 도장 받고 서류 제출하는 일 정도는 해야 할 거 같았다. 502호 집주인인 그녀의 이름은 황귀례였다. 그녀가 제일 먼저 도장을 찍고 인감증명서를 떼 주었다. 순영은 밤마다 집집을 돌아다니며 취지를 설명하고 도장과 인감증명서를 받아서 일주일 뒤에 보증보험회사에 제출했다. 순영은 편의상 자신이 주민 대표가 되었다. 예치된 보증금 삼천만 원 중에서 지급 기간이 경과한 오백만 원과 골조에 대한 천만 원을 제외하고 천오백만 원을 받을 수 있는데 지급하기 전에 보험회사에서 실사를 나온다고 했다. 이때까지만 해도 모든 일이 순조로웠고 어떤 불길한 조짐도 없었다. 이웃에 기여하고 있다는 자부심에 뿌듯하기까지 했다.

순영이 무슨 일인지 궁금해하고 있을 때 귀례의 앙칼진 목소리가 들렸다.

"가기 싫다니까. 이거 놔, 놓으라니까."

더는 참지 못하고 순영은 현관문을 조금 열고 고개를 내밀었다. 하얀색 방호복으로 온몸을 감싼 사람들이 귀례와 남편과 아들을 데리고 계단을 내려갔다. 깜짝 놀라 황급히 문을 닫았다. 잠시 뒤에 순영의 집 벨이 딩동 하고 울렸다. 마스크를 쓴 총무였다. 순영도 마스크부터 찾아 쓰고 문을 열었다.

"집에 있으면서 왜 빨리 문을 안 열어?"

총무가 짜증을 냈다.

"무슨 일이죠?"

순영은 그녀와 시선을 맞추지 않고 냉랭한 목소리로 물었다. 무슨 일이든 맡기려는 속셈이라면 단칼에 거절하겠다고 마음을 다잡았다. 두 번 다시 낙원빌라 일에 끼어들고 싶지 않았다.

"502호 말이야. 확진자 밀접 접촉자래. 검사 안 받는다고 우겨서 강제로 데려간 거야. 확진 판정 나면 우리도 모두 검사받아야 한대. 주민들 연락처 알려 달래서 휴대폰 번호 적어주었어."

지금은 그녀가 낙원 빌라 회장까지 겸하고 있었다.

"알았으니 문 닫아도 되죠?"

총무가 날 선 눈빛으로 순영을 보았다.

귀례든 총무든 정이 떨어지기는 마찬가지였다. 예전에 총무는 귀례와 순영 사이를 오가며 하루는 귀례 편을 들고 하루는 순영 편을 들었다. 때리는 시어머니보다 말리는 시누이가 더 밉다더니….

보험회사에 서류를 제출한 지 열흘쯤 지나 건축주가 순영의 집 문을 두드렸다. 그는 다짜고짜 보험회사에 제출한 서류를 되돌려 받으라고 했다. 그러지 않으면 재미없을 거라며 협박을 서슴지 않았다. 이미 제출한 서류를 어찌 돌려받는단 말인가. 재미없을 거라는 건 또 무슨 의미인지? 다짜고짜 으름장을 놓는 바람에 그동안 건축주에게 보냈던 신뢰가 한순간에 무너져 내렸다.

건축주가 다녀간 다음 날 귀례가 찾아와서 자기 인감증명서를 돌려 달라고 말했다. 이미 보험회사에 들어가 있어서 돌려주고 싶어도 그럴 수 없다고 설명했는데도 막무가내였다. 귀례는 302호, 202호 102호 것까지 모두 내놓으라며 윽박질렀다. 그날 이후 그녀는 순영이 퇴근하는 즉시 현관 앞에서 악을 썼다. 귀가 시간을 달리해도 소용이 없었다. 핏발 선 귀례의 눈과 마주칠 때면 순영은 가슴이 철렁 내려앉곤 했다. 순박하다고 여겼던 눈이 섬뜩하다는 말 외에 적절한 표현을 찾지 못할 정도로 무섭게 변해 있었다. 귀례가 현관문을 발로 걸어차며 행패를 부려도 나와 보는 주민이 없어서 서운했고, 배신감을 느꼈으며 화가 났다.

토요일 오후였다. 계단을 내려가다 보니 302호 현관문이 열려 있었다. 작업복을 입은 남자들이 현관 안쪽 벽에는 타일을 붙이고, 거실 한 면에는 사람 키보다 큰 거울을 붙이는 중이었다. 건축주와 302호 여자의 웃음소리가 들렸다. 저 여자가 귀례를 조종하나? 문득 든 생각이었다. 302호 여자가 만두나 도넛이 담긴 쟁반을 들고 귀례의 집으로 들어가는 모습을 몇 번이나 보았다. 그녀가 권사님으로 불리고 현관문에 십자가가 붙어 있는 거로 미루어 독실한 개신교 신자인 모양이었다. 귀례의 태도가 돌변한 이유가 궁금했는데 건축주, 302호 여자, 귀례로 이어지는 합리적인 의심이 가능한 연결고리가 생성되었다. 거울과 타일을 네 집에 모두 붙여준다고 해도 천오백만 원과 바꿀만한 가치가 있나? 네 세대가 반대해도 대세에는 지장이 없었다. 과반수만 찬성하면 되기 때문이다. 변수는 402호에 사는 총무였다. 총무는 이쪽저쪽을 오락가락하며 저울질을 계속했다.

순영은 당장이라도 발을 빼고 싶었으나 꼭대기 층에 사는 이상 옥상 방수공사는 반드시 해결해야 할 문제였다. 우둔함에 정복당한 채 건축주 손바닥 위에서 노는 여자들 얼굴 보기도 싫고 밀려오는 좌절감과 무력감을 떨치기도 힘들었지만, 총무마저 돌아서면 큰일이다 싶었다. 총무의 비위를 맞추는 수밖에 없었다. 과일이나 빵을 사다 주기도 하고 그녀가 부업으로 하는 손뜨개 스웨터도 사 주었다.

보험회사 실사를 받기 전날까지 순영은 하루도 빼지 않고 사이렌 소리처럼 날카로운 귀례의 목소리를 들었다. 견디다 못한 순영이 112에 두 번이나 신고했지만 출동한 경관은 주민들끼리 잘 해결하라는 말만 남기고 돌아갔다. 실사 당일 건축주는 동정심이라도 유발하려는 심산인지 팔꿈치와 무릎이 해진 옷에 농부들이 애용하는 챙이 넓은 밀짚모자를 쓰고 나타났다. 순영은 최대한 공손한 태도로 건축사를 안내했다. 옥상의 화단을 둘러본 건축사가 순영의 손을 들어주었다.

2주일 후 순영의 통장으로 천오백만 원이 입금되었다. 공사업체를 선정한 순영은 옥상의 항아리를 치우라는 공지를 게시판에 붙였다. 화단을 철거하던 날 귀례가 인부들을 막아섰다. 눈을 부릅뜨고 계단 입구에 서서 고래고래 소리를 질러대는 통에 인부들이 옥상으로 올라가지 못하고 있었다. 익살스럽기도 하고 순진해 보이기도 했던 바가지 모양 눈이 사납고 귀접스럽게 바뀌어 있었다. 순영은 112에 또 신고했다.

"아가씨는 공사 방해로 이 아줌마를 고소하고, 아줌마는 법원에 공사 금지 가처분 신청을 내세요."

안면이 익은 중년의 경관이 말했다. 순영은 한달음에 경찰서로 달려가서 고소장을 제출했다. 화단을 철거하는데 하루, 방수 작업을 하는데 삼 일이 소요되었다. 우레탄 작업을 마친 옥상의 초록색 바닥이 풀밭처럼 포근한 느낌을 주었다. 문제는 보기 좋고 안전한 옥상을 가진 대가가 상상 이상으로 크다는 데 있었다. 경찰서를 들락거리며 조사받는 일이 감당하기 어려울 정도의 심리적 압박감을 주었다. 순영과 귀례가 함께 조사를 받는 날이었다. 조사 중에 형사가 전화를 받았다. 순영은 수화기 밖으로 간간이 새 나오는 목소리의 주인이 건축주라는 걸 단박에 알아차렸다. 통화를 끝낸 형사가 갑자기 순영을 피고소인 다루듯 했다. 귀례에게는 부드러운 목소리로 물으면서 순영에게는 강압적인 태도를 보였다. 형사가 범죄 용의자 대하듯 순영을 다그치는 동안 귀례는 고개를 뒤로 젖히고 잠을 잤다.

순영은 단단한 벽에 가로막힌 기분이었다. 참고인 조사를 받으러 경찰서로 가는 주민들 표정도 한결같이 주눅들고 겁먹은 모습이었다. 며칠 뒤에 형사가 순영과 귀례를 다시 불렀다. 형사는 순영에게 고소를 취하할 의사가 있는지 물었다. 순영은 귀례가 사과하면 취하하겠다고 대답했지만 귀례는 거부했다. 순영을 대하는 형사의 태도가 한결 부드러워졌다. 그는 최대한 공정하게 처리할 거고, 향후 조사는 검찰청에서 받게 될 거라고 말했다. 302호 여자가 더 자주 귀례의 집을 들락거렸다. 낙원빌라 일에 끼어든 이후 순영은 월차와 연차를 모두 이 일에 썼다. 사건이 검찰로 넘어갔으니 남은 휴가로 충분할지 걱정되었다.

순영은 검찰청의 긴 복도를 걸어가는 동안 경찰서에서는 느끼지 못했던 두려움에 몸이 떨렸다.

"화해하실 생각이 없나요?"

수사관이 물었다.

"저 사람이 사과하면 없었던 일로 할게요."

정말이지 순영은 당장이라도 고소를 취하하고 싶었다.

"끝까지 갈 거예요, 사과하기 싫어요. 싫다구요"

귀례가 고래고래 소리를 질렀다. 안쪽에 앉아 있던 검사의 주의를 받고서도 귀례는 목소리를 낮추지 않았다. 조사실에서 나온 귀례가 의기양양한 목소리로 끝까지 해보자고 했다며 누군가에게 전화했다. 순영은 302호 여자일 거라고 짐작만 했다. 검사가 구약식 처분을 내렸을 때 이제 다 끝났구나 싶어서 순영은 안도의 한숨을 쉬었다. 그런데 법정으로 나오라는 출석요구서가 날아왔다.

"벌금을 감경해 달라고 했으면 그렇게 해 주었을 텐데 끝까지 재판해 달라고 요구했으니 혐의가 드러나면 엄벌에 처하겠습니다."

판사가 귀례에게 말했다. 귀례는 무슨 말인지 이해하지 못하는 모양이었다. 계속 억지소리만 늘어놓았다. 양편으로 갈린 주민들도 차례대로 법정에 섰다. 재판이 끝나기 전 302호는 급매로 집을 팔고 낙원빌라를 떠났다. 귀례는 벌금 이백만 원 형을 받았다.

마침내 사건이 종결되었으나 순영은 한 줄기 작고 시원한 만족조차 얻지 못했다. 일 년 가까이 시달리느라 몸과 마음이 피폐해질 대로 피폐해졌다. 권사님으로 불리는 302호 여자와 건축주 사이에 타일 몇 장과 거울만으로는 설명되지 않는 뭔가가 더 있을 거 같았다. 가장 궁금한 사람은 귀례였다. 그녀는 무엇을 받기로 하고 그토록 집요하게 순영을 괴롭혔을까? 벌금 이백만 원보다 더 큰 것을 받기로 했던 걸까? 벌금형을 받은 이후 귀례는 만오천 원에 불과한 공용 전기세와 수도세, 건물 청소비를 내지 않았다. 총무가 순영을 찾아왔다.

"귀례가 관리비를 안 내는 건 순영 씨한테 감정이 상해서 그런 거니까 순영 씨가 받아 내."

"지금 무슨 말을 하는 거예요?"

순영의 목소리가 높아졌다. 어이가 없었다. 총무가 건축주 편에 서지 않은 덕분에 보증금을 받아내고 귀례가 벌금형을 받도록 했지만, 순영은 총무가 더 꼴 보기 싫었다.

하루도 빼지 않고 귀례에게 시달리며 경찰서와 검찰청과 법원을 들락거리는 생활을 1년 가까이 했다. 지칠 대로 지친 순영은 회사에 사직서를 냈다. 사람들과 어울리는 걸 좋아하지 않았지만, 이번 일로 오만 정이 다 떨어지고 말았다. 덧정없는 일을 계속 겪다 보니 사람이라면 진저리가 났다. 몇 달이 지나서야 안정을 되찾은 순영은 집에서 홈페이지와 쇼핑몰을 만들어주는 프리랜서가 되었다.

귀례네 가족이 끌려간 다음 날 순영은 선별진료소로 오라는 전화를 받았다. 어제 총무에게 듣긴 했지만, 막상 전화를 받고 보니 겁이 더럭 났다. 마스크에 라텍스 장갑까지 끼고 현관을 나섰을 때 방역작업을 위해 계단을 올라오던 사람들과 마주쳤다. 흰옷으로 전신을 감싼 사람들은 빌라 앞 도로에도 있었다. 건물 안을 소독할 때보다 거리를 소독하는 모습이 더 실제적으로 다가왔다. 큰일이 나긴 났구나, 싶었다.

버스 세 정류장 거리에 있는 보건소까지 걸어가서 검사를 받았다. 자가격리 수칙을 되새기며 돌아오는 길이 유난히 멀었다. 혹시 양성이면? 생각만 해도 뒷덜미가 서늘했다. 2주 동안 생필품과 식품을 배달해 준다지만 제철 과일까지 보내 주지는 않을 테지. 순영은 인터넷 쇼핑몰에서 복숭아, 포도, 멜론을 주문했다.

집콕은 문제 아니나 과일을 먹지 못하는 나날은 생각만 해도 끔찍했다.

낙원빌라에 추가 확진자는 없었고 502호는 빈집이 되었다. 순영은 문이란 문은 모두 열었다. 그동안 현관에 설치한 미닫이형 방충망을 한 번도 써 보지 못했다. 네 방향의 문이 모두 열리자 베란다에서 들어온 바람이 동쪽 창문으로 들어온 바람과 만나 집 안을 한 바퀴 휘돈 다음 현관으로 빠져나갔다. 어둠이 내려앉아도 순영은 불을 켜지 않았다. 고즈넉한 공간에 가만히 누웠다. 밤바람이 불어왔다. 선선한 밤공기에 디퓨저 향이 녹아들었다. 섬세하게 구분된 향들이 제각각 자신의 존재를 드러냈다. 무겁지 않은 백합 향에 상큼한 레몬 향과 달콤한 자몽 향이 차례대로 후각을 자극했다. 바람결에 실린 향들은 다가왔다가 멀어지고 멀어졌다가 다시 다가왔다. 몽롱한 기분에 젖어 가만히 누워 있었다.

불현듯 '인간은 사회적 동물'이라는 명제가 언제까지 통용될지 의구심이 일었다. 코로나 시대 이후의 사람들도 이 명제를 믿을까? 국민들에게 인기 짱인 방역대책본부장이 정례 브리핑에서 코로나19에 대응하는 가장 좋은 방법은 흩어지는 거라며 제발 모이지 말고 흩어져 달라고 신신당부했다. 사회적 동물이라는 말에 협력과 연대의 의미가 내포되어 있다면 흩어지라는 말에는 분리와 단절이라는 의미가 담겨 있다. 흩어져야 산다는 새로운 가치가 함께 모여서 힘을 합하라는 기존의 가치를 부정하고 있었다.

칩거 증후군에 걸린 방콕족이 절대적으로 유리하다고 선언하는 거 같았다. 기피 대상 일호가 사람이고 두려워해야 할 존재도 사람이었다. 사람의 적이 사람이라는 사실을 코로나바이러스가 매일매일 각인시키고 있었다. 발바닥부터 머리까지 방호복으로 감싸고, 장갑과 마스크를 끼고, 안면 보호대까지 착용한 의료진과 경찰관의 복장이 그렇게 말하고 있었다. 바이러스 보유자가 아니라는 사실이 판명될 때까지 순영도 귀례도 더는 선량한 시민이 아니었다.

바이러스 때문에 세상이 혼란에 빠졌지만 아이러니하게도 바로 그 바이러스 덕분에 순영은 처음으로 불안이나 공포 없이 한밤중에도 현관문을 열어둘 수 있게 되었다. 앞집이 빈집이 되었기 때문에, 확진자가 나온 낙원빌라에 오려는 사람이 아무도 없어서 가능해진 일이었다. 이런 날이 오리라고는 꿈에도 생각하지 못했다. 누군가 곁에 있기를 바랐고 외톨이라 슬펐던 적도 있었다. 외톨이가 되지 않기 위해 타인의 비위를 맞추었고 하기 싫은 일도 억지로 했다. 그런데 지금은 만나야 할 사람도 만나러 오는 사람도 없어서 자유로웠다. 군중 속에 섞이지 못한다는 사실에 열등감을 느낄 필요도 없고 소외감에 몸을 떨지 않아도 되었다.

기대한 적 없었던 한줄기 따뜻한 만족감이 순영의 몸 구석구석으로 퍼져나갔다. 지금처럼 차분하고 부드러운 환희를 느꼈던 적이 없었다. 은밀하면서도 포근한 희열이 지나간 상처와 공허를 달래주었다. 순영은 느닷없이 다가온 이 평화로운 감정이 오래오래 지속되기를 바랐다. 꿈이라도 좋고 환상이라도 좋았다. 고요하고 아늑한 이 안온함 속에 영원히 머물고 싶었다. 열린 문을 통해 드나드는 바람조차 정겨웠다. 순영은 두 팔을 활짝 벌려 바람을 맞아들였다.

계단을 올라오는 발소리가 평화를 깼다. 누군가 5층으로 올라오고 있었다. 센서 등에 들어온 불빛이 방충망을 지나 순영의 발치에 닿았다. 도어락 번호를 누르는 삐삐삐삐 소리에 순영이 고개를 드는 것과 동시에 502호 문이 닫혔다. 뒷모습이 영락없는 귀례였다. 병원에 있거나 생활 치료시설에 있어야 할 그녀가 집으로 돌아오다니. 재검사에서 음성 판정이 나왔다? 진짜 귀례였나? 잘못 본 건 아닌가? 모든 게 불확실했다. 불안과는 다른 위기감이 엄습했다. 현관문부터 닫았다. 창문도 모두 닫았다. 귀례의 언니나 동생은 아니었을까? 그럴지도 모른다고 생각하며 불안을 애써 잠재우고 침대에 누웠다.

밤새 어지러운 꿈에 시달린 탓인지 순영은 뒷골이 멍한 상태로 잠에서 깼다. 습관적으로 TV를 켜고 온종일 뉴스만 내보내는 방송에 채널을 맞추었다. 한 여자가 병원에서 나와서 길을 건너는 모습이 반복적으로 나오고 있었다. 코로나 환자가 사라졌다는 사실을 아침에 인지했는데 여자는 어젯밤 9시쯤 을지로의 커피숍

CCTV에 찍힌 후 종적이 묘연하다고 했다. 화면 속 인물은 분명 귀례였다. 어젯밤 순영이 본 장면은 꿈이 아니었다. 헛것을 보지도 않았고 환상에 사로잡힌 것도 아니었다. 순영은 신고하지 않은 게 마음에 걸렸다. 지금이라도 신고할까? 그런데 귀례가 집에 있기는 할까? 어떻게 확인하지? 귀례와 마주할 자신이 없었다. 순영은 침대에 누워서 이불을 머리끝까지 뒤집어썼다.

요란한 사이렌 소리가 겹쳐 들리더니 계단을 뛰어 올라오는 구둣발 소리가 들렸다. 502호 문을 두드리는 소리에 이어 남자와 여자가 문 열라고 소리를 질렀다. 연장 부딪히는 소리가 나나 싶었는데 귀청을 찢을듯한 귀례의 목소리가 순영의 방까지 들려왔다.

"안 간다고, 나를 왜 끌고 가려는 건데? 가짜로 양성 만든다고 권사님이 말씀하셨단 말이야. 내 몸에 손대기만 해 봐. 아아아악, 아아아악."

아아악거리는 저 소리. 귀곡성처럼 소름 끼치는 저 소리. 저 소리를 또 듣게 될 줄이야. 순영은 두 손으로 귀를 막았다. 마술피리에서 밤의 여왕이 분노를 폭발시키며 부르는 아아아아 소리보다 더 높고 더 날카롭다. 핏발 선 바가지 모양의 눈을 부릅뜨고 목청이 찢어져라 소리를 지르던 귀례의 모습이 떠올라 머리끝이 쭈뼛 섰다.

가짜로 양성을 만들다니? 권사님이 그랬다고? 302호 여자? 그녀와 귀례가 여전히 만나고 있으며 함께 태극기 집회에 나간다는 사실을 순영도 알고 있었다. 빌라 앞 미용실에서 들은 얘기였다. 그런데 권사님이 가짜로 양성으로 만든다고 했다니. 302호 여자가 요즘 매일 방송을 타는 그 교회 신도였나? 그렇다면 광복절 집회에도 틀림없이 갔겠지. 그럴 개연성은 충분했다. 귀례가 마스크도 쓰지 않고 소리를 내지른다 생각하니 모골이 송연했다. 순영은 살균 소독제를 분무기에 담아 사방에 뿌리고 비누로 손을 몇 번이나 씻었다.

귀례가 체포되어 병원으로 돌아가는 과정이 온종일 뉴스에 나왔다. 덕분에 낙원빌라도 전국적으로 유명해졌다. 그녀를 데려가기 위해 경찰관과 소방대원과 보건소 직원이 모두 출동했다. 소방대원이 현관문을 땄고, 구청에서는 빌라는 물론이고 버스 정류장과 지하철역까지 소독약을 뿌렸다. 귀례가 또다시 탈출하는 일은 없어야 할 텐데. 제발 얌전히 치료를 받아야 할 텐데. 인간은 생각하는 갈대라는 파스칼의 말이 틀린 것일까. 지난 시간 귀례는 어떤 생각을 했으며, 지금은 어떤 생각을 하고, 앞으로는 또 어떤 생각을 할까?

천만 원을 더 주고 햇빛을 산 건 옳은 선택 같았다. 햇빛이 중요하다는 사실을 낙원빌라 주민들이 증명하고 있었다. 남향집에 사는 사람과 북향집에 사는 사람의 성향이 확연히 달랐다. 마음에 드는 집을 샀을 테니 빛에 관한 취향이 애초부터 달랐을 거다.

남향집보다 지분이 조금 더 많다고는 하나 북향집에서는 마주 서 있는 건물 외에 아무것도 보이지 않았다. 햇빛은 물론이고 나뭇잎 하나 눈에 담지 못한다. 남향집에서는 집 안 구석구석까지 들어오는 햇볕을 쬐고, 푸르러졌다가 붉게 물들어가는 나뭇잎을 보고 까치나 박새의 지저귐을 들을 수 있다.

개인 병원이나 건강식품 업체 홈페이지를 만들어주다 보니 순영의 건강 상식이 제법 늘었다. 우울증이 계속되면 슬프거나 기분이 나쁜데 그치지 않고 판단력 혼란이나 주의력 결핍을 유발한다는 주장이 일리가 있어 보였다. '세로토닌은 행복감과 활력을 주는 호르몬이다. 눈을 통과한 햇빛이 뇌의 송과선에 신호를 주어야 세로토닌이라는 신경전달물질을 만든다. 우울하지 않으려면 햇빛 아래서 운동해야 한다.' 등등.

귀례는 식당 주방에서도 집에서도 햇빛과 마주할 기회가 없었을 것이다. 그녀는 빌라 입구에 과속방지턱이나 가로등 설치를 요구하는 민원을 구청에 내는 데 동의하지 않았다. 가족 수에 따라 공용 요금을 부과하지 않아서 관리비를 못 내겠다고 우겼다. 하자보수보증금을 받아내자고 제일 먼저 서명하고서도 인감증명서를 도로 내놓으라며 순영을 협박했고, 경찰과 검찰과 법원의 화해 제의도 받아들이지 않았다. 302호 여자가 벌금을 내주지도 않았을 텐데 함께 집회에 갔고 확진자가 되었다. 그녀의 판단 근거는 무엇일까? 생각하면 할수록 혼란스러웠다.

낙원빌라는 부동산을 끼지 않고 건축주가 직접 분양했다. 골목 한가운데 걸려 있는 현수막을 보고 순영이 빌라 안으로 들어갔을 때 건축주는 예수 믿고 부자 되었다며 연신 자랑했다. 근처에 여러 채의 빌라를 지었는데 방주빌라, 낙원빌라, 에덴빌라 같은, 성경에 나오는 이름을 붙였다면서 주님을 찬양했다. 그러나 약속은 지키지 않았다. 분양이 끝나면 주차장 입구 확장 공사를 해 주겠다고 호언장담했지만, 막상 집을 다 팔고 나자 약속은 깨지라고 있는 거라나 뭐라나 하면서 모르쇠로 일관했다. 입주민들은 너나 할 거 없이 자동차 문짝이나 범퍼를 긁었다. 지난여름에 태풍이 몰고 온 집중 호우로 빌라 뒤편 담장이 무너졌다. 흩어진 벽돌 아래에서 모습을 드러낸 건 건축 폐기물이었다. 집을 지을 때 나온 쓰레기를 묻어둔 모양이었다. 그때도 건축주는 배 째라며 뻔뻔하게 굴었다. 옥상 공사하고 남아 있는 오백만 원으로 부족해서 세대별로 삼십만 원씩 더 걷어서 건축 폐기물을 버리고 담을 다시 쌓았다. 귀례는 물론 돈을 내지 않았다.

격리 생활을 하는 동안 순영은 인생의 여정에서 맞닥뜨리는 곤란이 자신이 가진 속성에 기인하는지도 모른다는 자각이 일었다. 짐작만 하지 말고 왜 그런 행동을 하는지 물어야 한다. 이해하려고 애쓰지 말고 대응해야 한다. 순영은 302호와 귀례 집에 건축주가 타일과 거울을 붙여 주는 광경을 목격하고서도 침묵했다. 302

호 여자에게 귀례를 사주하는 이유가 뭔지 따져 묻지도 못했다. 현관문에 붙어 있는 십자가와 권사라는 직함을 믿었고, 온유한 자가 복을 받는다는 성경 구절을 믿었고, 무엇보다 온유한 사람이 되고 싶었기 때문이다. 지나간 시간을 곱씹을수록 지혜라고는 없는 자신이 한심했다.

온종일 뉴스에 등장하는 귀례를 보고 있자니 순영의 가슴이 답답해졌다. 귀례와 302호 여자 때문에 얼마나 고생했던가. 나는 왜 번번이 타인의 의도에 휘말리는가. 뒤통수를 맞고, 우울해지고, 종래에는 견딜 수 없는 자기혐오에 빠져드는가. 도대체 왜?

502호가 다시 빈집이 되었지만, 순영은 차마 현관문을 열지 못했다. 바이러스보다 더 무서운 게 있다는 걸 깨달았기 때문이다. 초초 미세한 틈만 있어도 흘러드는 편견과 혐오가 코로나바이러스보다 더 빨리 더 넓게 세력을 확장하고 있었다. 순영이 자신을 가두었던 건 물리적 벽이었지만 그 너머에 더 많은 유무형의 완고한 벽이 있었다. 순영은 순영대로, 귀례는 귀례대로, 총무는 총무대로, 건축주는 건축주대로, 각자 자신의 벽에 갇힌 셈이었다. 스스로 만든 벽에 갇혀 사는 게 참된 삶이란 말인가. 인간의 적이 인간이라는, 외면하고 싶었던 명제가 진실이었든가. 햇빛만으론 안 될 거 같았다. 현관문을 닫는다고 해결될 문제는 더더욱 아니었다. 망연히 서 있던 순영은 포장용 테이프를 몽땅 꺼냈다.

TV에서는 패널들이 바이러스의 발현과 대처 방안에 대해 말하고 있었다.

낮 동안 동굴 천장에 매달려 있던 박쥐는 땅거미가 지기 시작해야 먹이를 찾으러 나온다. 빛이 아니라 어둠을 선택한 사람들을 따라 야행성 박쥐가 바이러스와 함께 우리에게 왔는지도 모른다.

이제 인간은 처음 보는 사람과 악수하고, 친구나 동료와 어깨동무하고, 정다운 사람과 뺨을 비비거나 입을 맞추는 행위를 다시는 할 수 없는 지경에 처했다.

모든 개인은 서로 다른 모양의 칼날을 가슴에 품고 있다. 가까이 다가가면 찔리니 일정 거리 이상 다가가지 마라.

병들지 않으려면 단단한 벽을 쌓아라.

오염에 물들지 않으려면 흩어져라.

서로 뒤섞인 말들이 어지럽게 집안을 떠돌았다. 패널들의 구호를 실행하듯 순영은 테이프를 집어 들었다. 미친 듯 틈을 막고 있을 때 다른 목소리가 들렸다.

미세한 입자로 이루어진 마음이 파동으로 변하면 시공간을 초월해 이동할 수 있다고 합니다. 보이지 않는 수백 수만의 벽을 세우는 것도 마음이고, 벽 같은 건 아랑곳하지 않고 시공간을 자유로이 넘나드는 것도 마음입니다.

순간 순영은 손을 멈추었다.

"시공간을 자유로이 넘나드는 소통은 생명의 숨입니다….."

패널 중 한 명의 목소리 같기도 했고 환청 같기도 했다. 그러나 바로 지금, 이 순간 순영이 틀어막고 있는 틈새들이 소통의 통로라는 사실만은 분명한 듯했다. 불순한 혐오와 괴팍한 편견이 바이러스와 함께 틈새를 비집고 스며든다 해도 그 틈이야말로 사회적 동물인 인간의 숨통일 터였다.

음악이 흐르고 광고가 지나갔다. 사회적 거리 두기 2.5단계를 2주간 연장한다는 앵커의 기계적인 말이 햇빛 가득한 집안을 채웠다. 포장용 테이프를 손에 든 순영은 물체가 된 듯 움직일 줄 몰랐다.

(『문학저널』 2021. 겨울호)

다다음 생에도

명훈은 어제저녁 상담을 받으러 오지 않았다. 냉담한 거부와 억제된 절망을 간직한 채 허공을 바라보던 눈빛이 마음에 걸렸다. 상담소로 가는 차 안에서 여러 번 통화를 시도했지만 휴대폰이 꺼져 있었다. 첫 상담을 끝내자마자 명훈의 회사로 전화했다. 전화를 받은 최 대리도 명훈을 걱정하고 있었다. 비서인 자신과 공유하는 일정표에 아무 내용이 없어서 거래처에 전화하는 중이라고 했다.

명훈이 내 상담소로 온 것은 두 달쯤 전이었다. 내가 출연한 TV 프로그램을 보고 있을 때 직원이 들어와서 물었다.

"친구라는 분이 오셨는데 어떻게 할까요?"

나는 상담실로 안내하라고 말하고 TV를 껐다. 매직미러 너머로 보이는 사람은 명훈이었다. 명훈은 벽에 걸린 푸른색 캔버스를 뚫어져라 쳐다보고 있었다. 창문도, 창밖의 나무도, 커튼 뒤에 숨어서 비밀스러운 입맞춤을 하는 남녀까지도 모두 파란색인 그림은 뭉크가 유부녀와 은밀한 사랑에 빠졌을 때 그린 것이다. 완전히 하나가 되고 싶다는 갈망은 이목구비 없이 뭉쳐진 남녀의 얼굴로, 용인받지 못하는 사랑은 우울한 푸른색으로 표현되었다.

상담실로 가서 문을 열었다. 피로가 두껍게 쌓인 명훈의 얼굴을 보며 농담을 건넸다.

"야, 옷 좀 사 입어라. 부자가 소비를 해야 경제가 돌아가지."

십 년 전쯤 유행했던가? 요즘은 아무도 쓰리 버튼 양복을 입지 않는다.

"돈을 벌기는 어렵지만 안 쓰기는 쉬우니까."

"멋대가리 없는 건 여전하구먼. 웬일이야? 바쁘신 분이 여기까지 납시고."

"네 시간 좀 사려고."

다짜고짜 내 시간을 사겠다고 하니 기분이 상했다. 명훈은 늘 이런 식이다.

"우리 의진이가 졸업도 하기 싫고, 유학도 가기 싫고, 아무것도 하고 싶은 게 없단다. 어째야 할지 모르겠어."

나는 상담자의 자세로 돌아갔다. 명훈이 정식으로 상담을 받을지 아니면 한 번으로 그칠지 알 수 없었다. 감정이나 심리 따위에 신경 쓸 명훈이 아니었지만 하고 싶은 말들을 모두 해 보라고 했다. 명훈은 본론만 짧게 말하던 평소와 달리 꽤 길게 하소연을 했다. 자신이 한 말들을 요약해서 써 보라고 하자 명훈은 다섯 개의 문장을 적었다. 눈을 감으면 인간의 의식은 내면을 향하게 되고, 문제의 경중을 파악하는 데는 점수보다 유용한 게 없다. 명훈의 눈을 감긴 다음 각 문장의 점수를 물었다.

'딸이 걱정이다'에는 백 점을 주었지만 '딸이 하고 싶은 일이 없어서 걱정된다'에는 오십 점을 주었다. 나는 가장 낮은 점수를 준 항목을 손가락으로 짚으며 왜 이런 점수를 주었는지 물었다.

"정신이 제대로 박힌 놈이라면 내 딸을 사랑할 리가 없어. 딸 때문에 가슴이 아파. 꿈도 소망도 없고, 하고 싶은 공부도 없어. 손톱에 그림을 그리고, 발목이 부러질 것처럼 굽 높은 구두를 신고 밤늦게까지 놀기만 해."

명훈이 한숨을 쉬었다. 나는 '정신이 제대로 박힌 놈이라면 내 딸을 사랑할 리가 없어'에 주목했다. 딸이 사랑받지 못할까 봐 걱정한다는 말인데, 이 역시 문제의 본질이 아닐 가능성이 높았다.

"남자의 사랑을 받지 못하는 여자는 모두 불행해? 딸을 걱정하는 게 아니라 너 자신을 걱정하는 것 같아."

"험한 세상이니 남자의 보호가 필요하잖아."

"딸이 행복한 삶을 누리지 못할 거라는 걱정과 딸을 사랑해 줄 남자가 없을 거라는 걱정은 다르지 않을까?"

"아버지가 자식을 걱정하는 건 당연한 일 아냐?"

명훈이 짜증을 냈다.

"내 말을 듣지도 않을 거면서 여기는 왜 온 건데."

"가면 될 거 아냐."

명훈이 벌떡 일어서서 밖으로 나갔다. 화를 내고 일어섰으니 다시 안 오리라 예상했다. 잠시 뒤에 직원이 들어와서 말했다.

"친구분이 8회치 상담료를 내고 가셨어요."

나는 적잖이 놀랐다. 명훈의 내면에 모종의 갈등이 있는 건 분명했다.

명훈은 집에도 없었다. 명훈의 아내는 "운전 중이거나 회의 중이겠죠, 뭐"라고 심상하게 말했다. 내 말투나 억양에 걱정이 묻어났을 텐데도 무심하기만 한 그녀의 태도가 마땅찮았다.

내담자가 올 시간이라 상담을 시작할 준비를 했다. 녹음기를 켜기 위해 책상 너머로 손을 뻗는 순간 커피 잔이 쓰러졌다. 휴지를 뽑아 커피를 닦고 있을 때 내담자가 들어왔다. 듣고, 질문하고 또 듣기를 반복했지만 일정표에 아무 내용도 없다는 최 대리의 말만 뇌리를 맴돌았다. 마땅히 연락해 볼 만한 사람이 없었다. 명훈은 골프도 치지 않았고 이런저런 모임에도 나오지 않았다. 명훈의 소재를 비서인 최 대리도 모른다면 문제가 심각했다. 남은 일정을 취소하고 명훈의 회사로 갔다.

명훈의 방에 들어설 때마다 느끼는 건 지나친 질박함이다. 그 흔한 가죽 소파 하나 없었다. 회의용 탁자와 의자, 천장에 매달린 빔프로젝터, 창가에 놓여 있는 책상 하나가 전부다. 언젠가 명훈에게 물었다. 벽에 그림이라도 하나 걸거나 탁자 위에 꽃병이라도 놓으면 방이 환해지지 않겠느냐고. 있을 건 다 있는데 뭐하러 낭비를 하느냐는 핀잔만 들었다.

"아직 연락 없어요? 아무 일정도 안 올라왔고?"

최 대리가 인사말을 건네기도 전에 물었다.

"없어요. 갑자기 출장을 가시기도 하니까 댁에는 제대로 알리지 않는 경우도 있어요. 하지만 제게는 꼭 연락하시는데 걱정이네요."

최 대리가 태블릿 PC를 보여주며 말했다.

"근데 어쩐 일로 방이 훈훈하네요?"

"아, 사장님이 안 계셔서 온도를 좀 높였어요."

고자질하다 들킨 사람처럼 어색한 표정을 짓던 최 대리가 이내 덧붙였다.

"기름 한 방울 안 나는 나라인데 낭비하면 안 된다고 하셔서…."

"사장 인심이 그렇게 박하니 힘들겠어요?"

"아뇨, 그건 아니예요."

최 대리가 정색하며 펄쩍 뛰었다.

"아낄 건 아끼자는 주의지만 무조건 그러시진 않아요. 이사할

직원의 전셋돈이 부족하지 않은지, 임신한 여직원이 힘들지 않은지 세심하게 배려하세요. 우리 사장님 속은 따뜻한 분이세요."

직업상 나는 사람들이 쓰는 단어에 깊은 주의를 기울인다. '따뜻하다'는 전혀 예상하지 못한 단어였다. '따뜻하다'라는 단어에 꽂혀있을 때 명훈의 책상 위에 있는 전화벨이 울렸다.

"네, 네. 연락은 없었고요. 친구 분이 와 계신데, 박 소장님이시라고 사장님을 기다리고 계세요. 아, 네, 잠깐만요."

최 대리가 수화기를 가슴에 대고 물었다.

"S 전자 서 이사님이라고, 참, 얼마 전 장례식장에서 보셨죠? 소장님과 통화하고 싶다고 하세요."

수화기를 받아들자 여자가 "잠깐 뵐 수 있을까요?" 하고 물었다. 명훈에 대해 무슨 얘기든 해 줄 법 싶은 여자의 제의가 반가웠다. 여자가 저녁에 상담소로 오겠다고 했다.

"이 분과 명훈이 상당히 가까워 보이던데…. 막연한 느낌이기는 하지만."

"맞아요. 우리 사장님을 웃게 하는 유일한 분이세요. 중요한 고객이기도 하고요."

최 대리가 말했다. 나는 '웃게 하는'에 또다시 방점을 찍었다. 여자를 명훈 어머니 장례식장에서 처음 보았다.

명훈의 상담을 시작한 지 얼마 되지 않아 명훈의 어머니가 돌아가셨다. 장례식장은 고향에 있는 병원이었다. 기차가 두어 시간 만에 나를 고향에 데려다 놓았다. 택시를 타기 위해 역 광장을 가로질렀다. 바람결에 섞여 있는 바다 냄새가 고향에 왔음을 느끼게 했다. 택시가 중심가를 지나 구불구불한 2차선 도로로 접어들었다. 눈앞에 건물로 뒤덮인 산이 나타났다. 애벌레에게 갉아먹혀서 가장자리만 남은 나뭇잎처럼 산은 겨우 둥그런 형태만 유지하고 있었다.

언덕에 오르자 바다를 등지고 서 있는 병원이 보였다. 택시에서 내려 장례식장 쪽으로 걸어갔다. 저 멀리 보이는 바다에서 친구들과 물장구를 치며 놀았다. 하지만 파란색 추억 속에 명훈은 없었다. 명훈은 헤엄치는 무리 속에 낀 적이 없었다. 고함소리가 상념을 깼다.

"내 손으로 꽁꽁 묶어서 묻겠다는데 뭐가 문제야? 내 마누라야. 집으로 데리고 갈 거야."

"죽은 엄마까지 아버지 마음대로 하겠다는 겁니까? 제발 좀 그만 하세요."

친구들 모두 명훈 부자의 불화를 알고 있었다. 하지만 장례식장에서까지 싸우다니. 좁은 공터를 서성이며 언제 들어가야 할지 고민했다. 바다와 맞닿을 듯 내려앉은 하늘에 하얀 구름이 떠 있었다. 구름은 형태를 바꿔가며 수평선을 따라 흘러갔다.

"외삼촌도 들었잖아요. 이런 억지가 어딨냐고요. 아버지로 생각하지 않은 지 오래지만 그래도 엄마 남편이니까, 엄마를 존중하기 위해 예를 다했어요. 이제 더는 못 참겠어요."

등을 떼밀려 밖으로 나오는 명훈이 보였다. 관자놀이의 힘줄이 도드라진 얼굴은 붉다 못해 자줏빛에 가까웠다. 외삼촌이라 불린 사람이 명훈의 등을 몇 번 토닥여 주고 안으로 들어갔다.

명훈 쪽으로 한 발을 내딛는 순간 바닥을 밟는 구둣발 소리가 들렸다. 얼굴의 반을 가릴 정도로 큰 선글라스를 낀 여자가 장례식장으로 오고 있었다. 여자를 본 명훈의 얼굴에 놀라움과 반가움이 교차되었다. 명훈은 나를 지나쳐 여자에게 다가갔다. 햇빛이 반짝, 하고 명훈의 눈 아래 머물렀다. 여자의 손이 명훈의 어깨를 지나 햇빛이 머문 곳을 향해 천천히 움직였다.

"여보, 당숙께서 빨리 들어오래요."

종종걸음으로 밖으로 나오는 명훈의 아내는 검은 상복 탓인지 작은 키가 더욱 작아 보였다. 그녀의 시선이 남편 앞에 서 있는 여자에게 꽂혔다. 여자는 황급히 손을 내렸고 무슨 말을 할 듯 입술을 달싹이던 명훈은 아내 쪽으로 돌아섰다. 여자는 아내에게 팔을 잡힌 채 안으로 들어가는 명훈의 등을 오래오래 바라보았다. 짙은 선글라스 때문에 여자의 표정은 읽을 수 없었다.

"서 이사님. 일찍 오셨네요. 왜 안 들어가고 여기 계세요? 아, 소장님도 오셨네요. 제가 먼저 왔어야 하는데."

최 대리였다. 나는 여자와 최 대리의 중간쯤 되는 곳에 서 있었다. 여자가 고개를 돌려 나를 보았다.

"이사님, 사장님하고 제일 친한 친구 분이세요. 소장님, 우리 회사 제일 큰 고객이신 S 전자 서 이사님이세요."

여자가 나를 향해 고개를 살짝 숙였다.

"나 먼저 갈게."

여자는 마치 조문을 마친 사람처럼 말했다. 최 대리가 여자에게 조심해서 올라가시라고 인사를 했다. 검은색으로 온몸을 감싼 여자가 고개를 꼿꼿이 들고 걸어갔다. 성난 듯 들뜬 발걸음을 옮길 때마다 갯내음이 섞인 축축한 바람이 불었다.

최 대리와 함께 안으로 들어갔다. 영정 사진 속 명훈의 어머니는 웃고 있지 않았다. 곤고했던 세월의 흔적이 깊은 주름 속에 배어 있었다. 미인도에서 걸어 나온 것처럼 고운 분이셨는데…. 속 쌍꺼풀 진 눈과 곱고 단정한 입매가 명훈에게 그대로 있었다. 국화꽃 한 송이를 올리고 절을 한 다음 접객실로 갔다. 친척으로 보이는 몇몇 사람들이 술잔을 기울이고 있었다.

명훈이 안경을 벗었다. 눈자위가 순식간에 붉어지며 눈물이 차올랐다. 눈을 꼭 감는 모양새가 울음을 참으려고 하는 것 같았다. 참으려고 애쓰는 그의 의지와 달리 입술 사이로 흐느낌이 새어 나왔다. 삼켜지지 못한 울음은 이내 통곡이 되었다. 장난감을 빼앗긴 아이처럼 명훈이 꺼이꺼이 울었다. 음식을 상에 놓던 명훈의 아내가 인제 그만 울어도 되겠구만 또 저런다며 입술을 삐

죽거렸다.

　여섯 시가 조금 지났을 때 남빛 바지 정장을 입은 여자가 상담소로 들어섰다. 여자의 머리 모양이 짧은 커트 머리로 바뀌어 있었다. 장례식장에서 보았을 때는 어깨를 덮는 긴 머리였다. 파란색 옷 때문인지 여자를 보는 순간 뭉크의 그림이 떠올랐다.
　"명훈을 소리 내어 웃게 하는 유일한 분이라고 들었습니다."
　여자의 찻잔에 차를 따르며 말했다.
　"제가요? 누가 그러던가요?"
　"최 대리가요."
　"그래요? 명훈 씨 잘 웃는데 이상하네요."
　내 기억 속에 명훈의 웃음소리는 없었다. 공부는 잘했지만 침울한 아이였고, 가족들 걱정에 한숨 쉬는 어른이었다.
　"어제 명훈이 상담 받는 날이었습니다. 전화기는 꺼져 있고 출근도 안 했더군요. 걱정돼서 회사로 갔던 겁니다."
　"저도 이상한 꿈을 꾸었어요. 무슨 일이 생긴 거 같아서 전화했던 거예요. 그런데 상담을 받으러 가긴 갔군요. 딸 걱정을 많이 했거든요. 친구 중에 심리상담가가 있다기에 애 데리고 가보라고 했는데."
　찻잔을 내려놓으며 여자가 말했다.
　"가까운 사인가 봐요? 그런 조언까지 할 정도면."

"글쎄요, 오래된 사이라고 봐야죠. 제가 명훈 씨 첫 고객이었어요."

이십 년 전 명훈은 전자제품 접속 회로인 커넥터를 파는 것으로 자기 사업을 시작했다. 당시 S 전자 대리였던 여자가 소량의 오더를 냈던 이유는, 접대라는 개념 없이 제품의 성능에 대해서만 주르르 설명하는 명훈이 딱해 보였기 때문이라고 했다. 여자의 우려가 무색하게 명훈의 사업은 나날이 번창하는 중이었다.

"처음으로 대량 구매를 했을 때 명훈 씨가 선물이라며 책을 줬어요. 새 책도 아닌 것을 포장도 하지 않고 줬지요. 좀 이상한 사람이라고 생각했어요."

나는 "정말 이상했겠군요."라며 공감을 표시했다.

"인간 등고라는 문고판 책이었어요. 감명 깊게 읽은 책이라서 일독을 권하게 되었다고 하더군요. 어려운 책이었어요."

나는 인간 등고라는 말에 깜짝 놀랐다. 내게 절대로 빌려주지 않던 책이었다. 칠십 년대 초에 나왔다가 절판된 희귀본이었다. 나는 나중에 '인간 등정의 발자취'라는 제목으로 나온 다른 출판사의 책을 읽었다. 명훈은 아마존에서 DVD 세트도 샀다.

"두 번째로 받은 책은 칼릴 지브란의 예언자였어요. 여기저기 밑줄이 쳐져 있고, 표지는 낡아서 끄트머리가 해어져 있었어요. 공돌이라는 약점을 극복하려면 책을 많이 읽어야 한다면서 명훈 씨가 웃었어요."

여자는 명훈과 많은 책을 돌려가며 읽었고, 소감이 일치할 때면 명훈이 소리 내어 웃곤 했다고 말했다.

"처음 받았던 두 권의 책은 명훈 씨 손때 위에 세월이 덧입혀져 노르스름하게 변한 채 지금도 제 책장 맨 위 칸에 꽂혀 있어요."

명훈은 내게 여자에 관한 이야기를 단 한 번도 한 적이 없었다. 장례식장에서 우연히 여자를 보았고, 범상한 관계가 아닐 거라고 짐작은 했지만, 내 짐작 이상으로 가까웠던 모양이다. 일곱 시가 넘었다. 시장했다. 최 대리에게 전화해서 명훈의 소식을 들으면 바로 알려 달라고 부탁하고 자리를 옮겼다. 조용해서 이야기하기 좋은 프랑스 식당이 있었다. 식당 앞에 차를 세웠을 때 여자가 아, 여기는 명훈 씨와 처음 식사한 곳인데요, 마지막으로 온 곳이기도 하고요, 라며 말꼬리를 흐렸다. 나 역시 명훈이 덕분에 알게 된 식당이었다.

그나저나 마지막으로 온 곳이라. 그렇다면 지금은 명훈을 만나지 않는다는 의미였다. 그러나 나는 묻지 않았다. 훌륭한 상담자는 앞서가면 안 된다. 식당 안에는 슬픈 듯 아름다운 피아노 선율이 흘렀다.

"쇼팽이네요."

여자가 말했다.

"쇼팽 좋아하세요?"

"제가 아니라 명훈 씨가 좋아해요. 초핀이라고 읽었다가 망신

당한 적이 있어서 쇼팽만 섭렵했다는데 작품번호까지 다 외워요.
그런데 댄서의 순정 같은 노래도 듣죠."

"아니, 명훈이 그런 노래도 듣는단 말입니까?"

"어느 날 명훈 씨 차에 오르니 댄서의 순정이 흐르고 있더군요.
이런 노래도 듣느냐고 물었는데 대답이 없길래 질문을 잘못했나
보다 생각했어요. 다음 날 아침 메일을 받았는데 온종일 웃음이
나왔어요. 명훈 씨다운 대답이었죠."

음악이라야 운전할 때 듣는 게 거의 전부인데, 요즈음 음악
을 들으면서 생각하는 것은 예(禮)와 악(樂)에 관한 공자님 말
씀이오. 예는 같은 인간을 상하로 구분 짓는 것이고, 악은 구
분 지어진 인간을 하나로 묶어주는 것이다. 아는 것은 좋아하
는 것만 못하고, 좋아하는 것은 즐기는 것만 못하다. 그래서 그
냥 고속도로 휴게소에서 아무거나 하나씩 사서 듣고 다니오.
잠도 쫓을 겸…. 불이일여 성속일여 클래식뽕짝 역일여(근본
도 하나고 성속도 하나이니 클래식뽕짝 역시 하나) 아니오?

여자의 이야기를 들을수록 내가 아는 명훈이 아니었다. 여자
가 아는 명훈은 앞뒤 없이 꽉 막힌 공돌이나 짠돌이가 아니라 감
성에 유머 감각까지 겸비한 남자였다. 하긴 이 식당으로 나를 불
러냈을 즈음의 명훈도 예전에 내가 알던 명훈과는 좀 달랐다. 느
끼한 음식을 싫어하는 명훈이 비싸기까지 한 식당으로 불러낸 게

의외였지만 그저 장례식 여파겠거니 했다. 명훈은 먼저 와서 자리에 앉아 있었다.

"저기 저쪽, 테라스가 좋은데 누가 벌써 예약을 했다네."

흰색 테이블 사이로 피어 있는 제라늄 때문인지 테라스의 분위기는 상당히 낭만적이었다.

"이 집 분위기 좋다. 여자들 취향인데?"

"엄마가 부처님 같은 사람이라서 꽃들이 만발한 아름다운 계절에 가셨나 봐."

명훈이 동문서답을 했다. 평소처럼 끝이 똑똑 떨어지는 말투가 아니라 온유한 어조였다. 웨이터가 "와인은 늘 드시던 것으로 할까요?" 하고 물었다. 명훈이 고개를 끄덕이며 내게 묻지도 않고 식사를 주문했다. 나는 명훈이 이렇게 비싼 식당에 자주 왔다는 사실을 알고 다시 한번 놀랐다.

"아버지가 엄마를 죽였어."

잔잔하게 흐르는 바이올린 선율과, 마당에 나뒹구는 밥상과, 장례식장에서 들었던 고함소리가 뒤섞였다. 명훈의 아버지는 요즘 같았으면 접근 금지 명령을 받았을 폭력 가장이었다.

"암 덩어리가 엄마의 대장을 완전히 막고 있었단다. 아버지가 얼마나 무서웠으면 아프다는 내색조차 못 하셨겠냐."

명훈이 와인 잔을 단숨에 비웠다. 명훈의 잔에 와인을 채워주고 나도 한 모금 마셨다. 수술실 밖에서 기다리는 네 시간이 영원처럼 길었다고 하며 명훈이 와인 잔을 또 비웠다.

"마취에서 깨어난 엄마가 '다시는 네 얼굴 못 보는 줄 알았다. 너 같은 아들을 또 낳아야 하니까 내세에서도 네 아버지와 결혼할 거야'라고 하시며 활짝 웃으시더라. 참으로 끔찍한 농담을 하신다고 생각했지만, 엄마의 웃는 모습에 안심이 되었어. 엄마를 모시려고 집수리도 했는데…. 자리보전하고 누워서 애도 좀 먹이고 그러다가 가시지, 뭐가 그리 급하셨을까? 윤회하지 않을 거야. 구천을 떠도는 신세가 되겠지만 상관없어. 다음 생에도 다다음 생에도 엄마의 아들이 되지는 않을 거야. 우리 엄마도 좋은 남자 만나서 행복하게 살아야지."

첫 월급으로 어머니 생활비를 보내드렸다며 기뻐하던 명훈의 모습을 잊지 못한다. 초등학교 오학년 때였던가? 엄마를 데리고 도망가고 싶은데 돈을 어떻게 벌어야 하는지 모르겠다며 명훈이 주먹을 꼭 쥐었다. 어린 마음에도 명훈이 안타까웠다. 친구들이 명훈을 크레믈린이라고 부르며 재수 없다고 했지만 나는 그를 이해했다. 명훈의 어머니가 남편과 살기를 고집하지 않았다면 많은 게 달라졌을지도 모른다.

어머니가 아버지와 살겠다고 했기 때문에 명훈은 고향 집을 새로 짓기로 했다. 건축사인 동기동창에게 설계와 시공을 맡겼다. 명훈의 아버지가 인부들을 집안에 들이지 않았기 때문에 한동안 공사가 시작되지 못했다. 그때 명훈은 극심한 두통에 시달렸고,

내가 병원을 소개해 주었다. 와인 잔을 또 비운 명훈이 의자 등받이에 머리를 기댔다.

"술 담배를 못 하는 줄 알았는데 잘 마시네?"

"못 마신 게 아니라 안 마신 거야. 처자식이 돈 때문에 하고 싶은 일을 못 하면 안 되니까 열심히 돈을 벌었어. 그런데 우리 의진이는 하고 싶은 게 없대."

노인들이나 다니는 뒷골목 이발소에서 단돈 오천 원에 머리를 깎을 정도로 자신에게는 가혹한 명훈이 아내와 딸에게 자동차를 사 주고 법인카드까지 주었다. 그때 나는 당장 카드를 회수하라고 잔소리했다. 지나치게 많은 돈은 긍정적이고 생산적인 동기를 꺾을 뿐이다.

여자는 음식을 먹는 둥 마는 둥 했다. 입맛이 없기는 나도 마찬가지였다.

"아까 명훈과 마지막으로 온 식당이 이곳이라고 하셨지요? 지금은 명훈을 안 만난다는 말로 들리는데…."

"그 집 일에 더는 끼어들기 싫어서요."

여자가 자신의 감정을 솔직히 드러냈다.

"명훈 씨와 나눈 대화 중 가장 많은 부분을 차지한 건 가족에 관한 문제였어요. 어머니, 아버지, 아내, 딸, 지겨울 정도였죠. 나는 늘 이해하라거나, 다들 그렇다거나 하는 말로 달랬어요. 해결해 준 적도 있었고요."

"해결이라고 하셨나요? 구체적으로 어떤…?"

"명훈 씨가 고향 집을 지을 때 제가 두 팔 걷고 나섰죠. 아버지가 집을 못 짓게 해서 허파가 뒤집어진다고 했거든요. 머리가 죽을 거 같이 아프다고…."

여자는 두통에서 명훈을 해방시키고 싶다는 단순한 동기로 발을 들여놓았다고 했다. 어버이날 효도 여행을 보내드린 다음 집을 철거해 버리면 아버지가 어찌겠는가? 공사기간 동안 모실 요양원부터 물색하자고 제안했고, 전국에 있는 시설이란 시설은 죄다 검색해서 몇 군데를 뽑았고 명훈과 함께 답사를 갔다. 충청도에 있는 요양원이었다. 어두워져서야 서울로 출발했고 여자는 깜박 잠이 들었다. 다 왔다는 말에 서둘러 내리고 보니 지하철역이었다.

"멀어져 가는 명훈 씨 자동차를 보며 그 자리에 오래오래 서 있었어요. 그런 사람인 줄 알았지만 그날은 서운했어요. 내 일이 아니잖아요? 자기 일로 먼 길을 다녀왔으니 당연히 집까지 데려다줄 줄 알았죠."

"그래서 친구들이 싫어해요. 약속시간에 늦으면 그냥 미안하다고 하면 되는데 삼 분 늦었어, 이런 식이거든요. 그럴 땐 나도 정나미가 떨어져요."

"지극히 사무적이죠. 하지만 집을 짓는 내내 결혼식을 앞둔 신랑처럼 들떠 있었어요. 이 사람은 정말 가족이 인생의 전부구나 생각했어요."

명훈이 업무 보고 하듯 여자에게 공사 경과를 세세하게 전하고 살림살이와 이부자리를 장만하는 일까지 조언을 구했다는 말에 놀랐다. 새집에 엄마를 모셔 두고 돌아온 명훈을 만나러 여자가 명훈의 사무실에 갔을 때 장미 향이 가득해서 혹시나 하는 기대를 품었다고 한다. 무관심을 가장하며 슬쩍 살펴보았더니 리본에 '당신의 생일을 축하합니다'라고 적혀 있더란다. 여자의 생일이 지나간 지 여섯 달이 되는 시점이었다. 그날 "고맙소!"라는 단한마디를 들었을 뿐이라며 여자가 쓸쓸하게 웃었다.

"제일 큰 실망을 맛보았던 건 집을 지은 후 처음 맞이한 설날이었어요. 명훈 씨 말을 듣는 순간 화가 났어요."

"뭐라고 했는데요?"

"우리 엄마는 전생에 무슨 죄를 얼마나 많이 지었기에, 난방이 되지 않는 집에서 내복을 다섯 벌이나 입고 살아야 하느냐고 했어요."

"난방이 안 되다뇨?"

"집의 소유권을 동생에게 넘기고 부모님을 모시게 하겠다더니 마누라 반대가 심해서 동생에게 집을 주지 못했다는 거예요. 명훈 씨 아버님은 보일러를 못 켜게 했고요."

여자는 동생에게 집을 주고 부모님을 모시게 하라고 조언한 바

있었고 명훈은 꼭 그러겠노라고, 그래야겠다고 말해 놓고는 결국 마누라 말을 따랐던 것이다.

"저는 명훈 씨가 저를 이용한다고 느꼈어요."

"녀석은 늘 가족에게 묶여 있었습니다."

"저에 대해 최소한의 예의도 지키지 않은 거예요."

"정말 서운했겠습니다."

여자는 피클만 집어 먹었다. 내 피클 접시를 여자 앞으로 밀어 놓으며 며칠 전에 꾸었다는 이상한 꿈에 관해 물었다. 여자는 생각만 해도 끔찍하다며 고개를 흔들었다.

내가 심리검사를 하자고 했을 때 명훈은 이해할 수 없다는 표정을 지었다. 아이들은 양육자와 불가분의 관계에 있기 때문에 딸을 위해서 반드시 검사 받아야 한다고 설득했다. 환불해 줄 테니 이제 그만 오라는 말까지 하고 나서야 명훈이 볼펜을 집어 들었다. 검사 결과는 '거울상 이성질체'를 떠올리게 했다. 좌우가 바뀌기 때문에 실물과 거울에 비친 상은 온전하게 포갤 수 없다. 물리적·화학적 성질이 완전히 같은데도 불구하고 이성질체는 반대되는 효과를 낸다. 명훈의 경우 누구와 상호작용을 하느냐에 따라 약이 될 수도 있고 독이 될 수도 있는 양면성이 문제였다.

"딸이 남자의 사랑을 받지 못할까 봐 걱정이 된다며? 너는 가슴이 뜨겁도록 누군가를 사랑한 적이 있어? 사랑이 뭐라고 생각해?"

"사랑은 책임지는 거지. 돌보는 거고."

"눈을 감아 봐."

"또 점수 물어보려고?"

"글쎄, 그냥 감아."

마지못한 듯 명훈이 눈을 감았다.

"심호흡을 해. 하나 두울 셋 들이쉬고, 천천히 내쉬는 거야. 그렇지, 그렇게. 사고나 이성이나 생각을 모두 내려놓고 느껴 봐."

나는 명훈에게 차갑다거나 아프다거나 하는, 그런 느낌을 상상하라고 말했다.

"느끼려고 하면서 마음을 그리는 거야. 자기 자신에게 집중하면서. 뭔가가 떠오르면 보이는 대로 말해."

"내가 보여. 군중 속에서 혼자 걷고 있어. 이리저리 떠밀리면서…, 음, 방향성 없이, 정처 없이 걸어가."

명훈이 작은 목소리로 천천히 말했다.

"어디로 가야 한다는 생각을 내려놓아. 마음은 이동하면 안 돼. 가만히 머물러서 마음을 찾아봐. 뭐가 보여?"

"캄캄해. 음, 어둠 속에 빨간 장미가 있어. 어어, 장미가 점점 커져. 쑥쑥 자라나. 지붕을 뚫고 계속 위로 올라가. 재크의 콩나무처럼."

명훈은 더이상 아무 말도 하지 않았다. 지금 느끼는 감정을 한 단어로 표현해 보라고 하기도 전에 눈을 떴다.

"이게 도대체 뭐야?"

"무의식 속에 존재하는 깊은 마음이라고나 할까. 어쩌면 마음의 전부라고도 할 수 있어. 이게 바로 우리가 다뤄야 할 주체야. 어떤 느낌인지 한 단어로 말해 봐."

"몰라. 근데 가슴이 뻐근하게 저려."

장미는 이성에 관한 관심과 성적인 에너지를 의미한다. 명훈이 뭉크의 그림을 골똘히 바라보던 장면이 생각났다. 아내에 대한 감정일 리는 없었다.

"혹시 마음에 둔 여자 있어?"

"내가 바람이라도 피운단 말이야?"

명훈이 내게 경멸의 눈초리를 던지더니 상담실 문을 박차고 나갔다. 정확한 진단을 위해 몇 가지 검사를 더 해야 하는데…. 내가 물어놓고도 어이가 없었다. 가족이 전부인 명훈이었다. 어머니의 불행이 아버지 때문이라고 생각했고, 자신은 그런 가장이 되지 않겠다고 이를 갈던 녀석이었다. 바람을 피운다고 하더라도 계획부터 세웠을 놈이고, 주도면밀하게 계획을 세웠다 하더라도 실현 가능성이 낮으면 시도조차 하지 않을 놈이었다. 명훈에게 외도는 달성 불가능한 목표였다. 그런데도 명훈이 여자에게 보인 태도는 미심쩍은 구석이 한두 군데가 아니었다. 여자에게 자신의 전부를 드러낸 것으로 보였다. 왜 사는지, 인생의 목표가 무엇인지, 무엇이 슬픈지, 시시콜콜 말했다는 거 아닌가? 사람들은 특히 남자는 누구에게도 자신의 전부를 드러내지 않는다. 약점이 될까 두렵기 때문이다.

명훈은 여자를 어떤 존재로 여긴 것일까? 엄마, 아내, 친구, 연인? 아니면 이 모두를 합한 존재? 정서적으로 교감하지 못하는 명훈의 문제는 아버지 혹은 아버지의 아버지로부터 시작된 것인지도 모른다. 명훈의 아버지는 아들이 보내 주는 돈을 통장에 쌓아 두기만 했을 뿐, 아내를 잘 먹이지도 않았고 잘 입히지도 않았다. 그러나 막상 아내가 죽자 통상적인 장례절차를 거부하며 자기 손으로 염습을 하고 선산에 직접 묻겠다며 아들과 싸웠다.

여자에게 단도직입적으로 물었다.

"명훈의 행동에 어떤 변화를 느끼지 못했습니까? 아주 작은 변화라도 있었다면 모두 말씀해 주세요."

"변화요? 글쎄요. 아, 이삼 년 전부터 나를 친구라고 부르기 시작했어요."

목련이 활짝 핀 어느 저녁, 여자는 프랑스 식당에서 명훈을 만났다. 두 번째 와인 병이 비어갈 때쯤 명훈이 여자의 이름을 불렀다.

"이제는 친구라고 해도 되겠지요? 친구니까 이름 불러도 되지요?"

여자는 잘못 들었다고 생각했다. 친구라니, 이제 겨우. 친구도 아니었다면 그동안 어떤 관계였다는 말인가? 친구도 아닌 사람에게 가족 문제를 털어놓고 집안일에 끌어들였다는 말인가? 여자는 명훈을 영영 알 수 없을 것만 같았다. 섭섭했지만 후련했고, 과도하게 얽히지 않아도 된다는 생각에 홀가분하기까지 했다. 며칠 후 링크 하나만 달랑 걸려 있는 메일을 받았다. 웹툰이었다. '어린 시절 읽지 못했던 만화를 지금 읽는 건가?' 생각하며 단숨에 읽었다. 시행착오를 겪으며 실연을 반복하던 남녀가 운명적인 반쪽을 만난다는 순정만화였다. 독후감을 썼다. '지금이라도 좋은 남자를 찾아보라는 뜻이죠?' 잠시 망설이다가 '역시 친구밖에 없다니까요'를 덧붙여서 보냈다. 회신은 오지 않았다. 하루, 이틀, 시간이 흘러갔다.

어느 일요일 저녁이었다. 신음하듯 스모그 아래로 내려앉는 태양이 피보다 붉었다. 커피를 내리고 있을 때 휴대폰이 울렸다. 명훈이었다. 근처 카페에 와 있다고 했다. 일요일에 전화한 것도, 집까지 찾아온 것도 처음이었다.

명훈이 기다리고 있는 곳은 출판사 간판이 붙어 있는 건물이었다. 전면 통유리에는 만화 주인공들이 붙어 있었다. 이런 곳에 카페가 있는 줄 몰랐다고 말하자 명훈은 '이런 곳에 카페가 있다'고 대답했다. 테이블 네 개를 제외한 공간에는 서가가 빼곡하게 들어차 있었다. 차를 다 마실 동안 명훈은 한마디도 하지 않았다. 자리에서 일어선 명훈이 서가로 갔다. 꼭 사고 싶은 만화책이라도 있는 것처럼 열중해서 살피는 명훈의 뒤를 천천히 따랐다. 만화책 세 권을 빼든 명훈이 계산대로 갔다. "그 만화가 왜 좋은 건데요?" 하고 물었지만 명훈은 대답하지 않았다.

여자에게 쇼핑백을 건넨 명훈이 작별 인사도 없이 운전석에 올랐다. 집까지 찾아와서 아무 말도 하지 않고 가 버리다니. 만화책은 왜 주고 갔을까? 할아버지와 할머니의 머리 위에 '그대를 사랑합니다'라는 제목이 적혀 있었다. 어머니에게 기대했던 삶이었나? 여자는 장례식 이후에 받은 명훈의 메일을 떠올렸다. 그래도 우리 엄마가 나와 관련해서는 행복했던 것 같다고 적혀 있었다. 전교 일 등인 내 성적표를 보실 때, 내 아들을 등에 업고 손자라며 자랑하실 때 엄마가 웃었다고….

"명훈 씨 속마음은 무엇이었을까요? 왜 만화책을 내게 주었을까요?"

여자는 알고 있지만 모른 척하고 싶다는 얼굴로 물었다.

"글쎄요, 위로가 필요했을 수도 있고, 어머니 아버지와는 다른 미래를 꿈꾼 것일 수도 있겠지요."

여자의 잔에 와인을 따르며 여자가 꾸었다는 꿈에 대해 물어보고 싶었지만 이번에도 손사래를 칠 것 같아 그만두었다. 한잔하고 싶은 마음이 간절했다. 차를 가지고 오지 말 걸 그랬나, 후회하며 병을 내려놓았다.

"주문량이 크게 늘어났을 때 명훈 씨가 저녁 식사를 하자고 했어요. 이 식당이었죠."

여자가 이야기를 이어갔다.

"차를 타고 가는 내내 명훈 씨는 왜 이 식당을 골랐는지에 대해 자세히 설명했어요. 제품 스펙을 설명할 때처럼요. 밀을 껍질째 씻어서 말린 다음 그날그날 필요한 만큼만 제분기에 빻는다거나, 프랑스산 밀과 우리나라 앉은뱅이 밀을 적당히 섞어서 천연 효모로 발효시킨다거나 하는. 백구십도 정도의 중온에서 굽는 건 비타민 B 때문이라고 하더군요."

여자는 비타민 B에 대해 더 설명하려는 명훈을 제지했다고 한다. 한 마디로 신선하고 맛있다는 말 아닌가. 음식을 정성스럽게 잘 만드는 식당이라고 하면 될 일인데 참 유별나다 싶었고, 심각한 표정으로 몇 번이나 음식이 맛있었는지 묻는 통에 곤란했다며 웃었다.

자리를 박차고 나간 이후 명훈은 내게 오지 않았다. 상담을 계속하겠다거나, 그만두겠다거나, 하는 의사 표시도 없었다. 이번에는 내가 불쑥 명훈을 만나러 갔다. 명훈은 약속도 없이 들이닥친 나를 반기지 않았다. 딸이 도무지 말을 듣지 않는다는 변명만 늘어놓았다. 자신이 가진 심리적 문제에 대해 명훈에게 알려줄 때가 되었다고 생각했다.

"처자식을 학대하는 아버지가 싫었다며? 엄마 남편이라서 예를 다 했을 뿐 아버지로서는 의미가 없었다며? 아버지가 왜 그러시는지 깊이 생각해 본 적 있어?"

아버지가 가진 심리적 문제에 관해 설명하고 치료를 받았더라면 어머님이 행복하게 사셨을 거라고 말해 주었다.

"너 역시 진단기준을 충족시키는 문제를 가지고 있어. 아버지처럼 되지 않으려면 반드시 치료해야 해."

"어떻게 나를 아버지하고 같은 사람으로 치부할 수가 있어? 그런 말이 나와? 내가 처자식을 굶기기라도 한다는 거야?"

"그런 말이 아니잖아. 화부터 내지 말고 잘 생각해 봐. 네가 사랑하고, 너를 사랑하는 어떤 사람이 있다면 그 사람이 상처를 많이 받았을 거야. 네가 아버지한테서 상처를 받은 것처럼."

명훈과 같은 정서적 장애가 있는 사람은 감정적인 교류를 원하는 사람에게만 상처를 준다. 자신의 상처와 같은 상처를 상대에게 주었을 거고, 상대방에게 준 상처가 다시 자신을 겨누는 칼날이 되게 했을 거다. 물론 무의식적으로 그리했을 것이다. 명훈은 자신의 문제를 받아들이려고 하지 않았다. 성급했다는 후회가 밀려왔다.

여자의 이야기를 듣다 보니 명훈의 휑했던 눈빛이 비로소 이해되었다. 여자를 사랑한다고 느끼게 된 바로 그 순간, 자신의 감정을 부정하거나 아니면 모든 감정이 순식간에 소진되었을 수도 있다.

"명훈이 서 이사님에게 특별한 감정을 가졌다고 생각하신 적 없습니까?"

"글쎄요. 그 사람은 가족밖에 몰랐으니까요. 나는 결코 편입될 수 없는 가족 말이예요. 그래서 다시는 보고 싶지 않다고 메일을 보냈어요."

"명훈에게는 심리적인 문제, 말하자면 감정을 드러내지 못하는 그런 문제가 있었습니다. 신뢰나 헌신을 사랑과 혼동하기도 했고요. 어머니가 자신의 방식으로 남편을 사랑하는 걸 몰랐죠. 명훈은 인정하지 않을 테지만."

그럴지도 모르겠다며 여자가 동의했다.

"명훈이 세상과 소통한 유일한 통로는 서 이사님이었습니다. 서 이사님이 곁에 있었기 때문에 문제가 드러나지 않았을 뿐입니다."

"중요한 결정은 아내가 하잖아요? 그건 소통 아닌가요?"

"소통이라기보다는 져 주는 거죠. 가정의 평화를 위해서."

여자는 충격을 받은 듯도 보이고, 이미 알고 있는 듯도 보였다.

"내가 세상과 소통하는 유일한 통로였다고, 정말 그렇게 생각하세요?"

여자가 다시 한번 물었다.

"서 이사님과 헤어진 것이 세상을 다 잃은 것 만큼 충격을 주었을 겁니다."

"저는 확신이 필요했던 거 같아요."

"명훈이를 빨리 찾아야 됩니다."

"경찰에 신고라도 해야 할까요?"

불안한 상념에 사로잡히지 않으려고 애쓰는 얼굴로 여자가 물었다.

어떻게 해야 할지 결정하기 어려웠다. 명훈의 휴대폰은 여전히 꺼져 있었다. 걱정하고 있으니 메시지를 읽는 즉시 전화하기 바란다는 문자를 쓰고 있을 때 통화음이 울렸다. 최 대리였다.

"여기저기 다 수소문해봤지만 만났다는 사람이 아무도 없더라고요. 혹시 따님에게 가셨나 해서 연락 중인데 통화가 안 돼요."

누가 먼저랄 것도 없이 여자와 나는 자리에서 일어섰다.

명훈의 사무실에 들어섰을 때 최 대리는 통화 중이었다. 탁자 위에 명훈의 노트북이 있었다. 엔터 키를 부르자 화면이 밝아졌다. 푸른 바다 위에 돛단배가 떠 있었다. 흰색 글자가 위에서 아래로 흘렀다. 사랑의 날개가 그대들을 감싸 안을 땐 전신을 허락하라. 비록 사랑의 날개 속에 숨은 칼날이 그대들을 상처받게 할지라도….

최 대리가 "따님이에요."라며 내게 수화기를 건넸다. 명훈은 약속도 없이 딸의 기숙사로 찾아간 모양이었다. 어리둥절해 하는 아이를 꼬옥 끌어안았고, 몸을 빼는 아이 뺨을 쓰다듬으며 오래오래 얼굴을 바라보았고, 그만 가시라는 딸의 채근을 받고도 한참이나 그 자리에 서 있었다고 했다.

"계단을 올라가다가 고개를 돌리니 아빠가 계속 저를 보고 계셨어요. 그때 좀 이상한 기분이 들긴 했어요. 그런데 무슨 일이에요? 아빠한테 무슨 일이 생겼나요?"

여자가 아, 하고 신음을 내뱉으며 일어섰다. 의자가 뒤로 넘어지며 날카로운 소리를 냈다.

"꿈이, 꿈이 정말 이상했어요. 명훈 씨와 마주 보고 서 있었어요. 명훈 씨 왼쪽 눈, 네, 왼쪽 눈이었어요. 눈물샘 옆으로 바늘이 들어가고 있었어요. 바늘귀부터 들어가기 시작해서 천천히 빨려 들어가는 거예요. 바늘이 삼 분의 이쯤 들어갔을 때, 너무 무서워서 숨도 쉴 수 없었지만 꾹 참고 엄지와 집게손가락으로 바늘을 꼭 잡았어요. 서두르지 않고 침착하게 빼냈는데 눈동자가 바늘에 꽂혀 있었어요. 길게 이어진 근육이 피에 젖어 불그스름했어요. 가위에 눌리며 잠에서 깼어요."

넘어진 의자를 세우는 내 손이 떨렸다. 여자의 휴대폰이 딩동하고 울었다. 여자가 황급히 가방에서 휴대폰을 꺼냈다. 문자를 확인한 여자의 얼굴이 석고상처럼 하얘졌다. 여자의 손에서 휴대폰을 낚아챘다.

'다시는 나를 보지 않아도 되오. 다음 생에도 다다음 생에도.'

명훈이 보낸 메시지였다.

(『문학나무』 2019년 여름호)

손

겉뜨기 두 코, 안뜨기 두 코, 겉뜨기 여섯 코, 안뜨기 여섯 코…, 겉뜨기 세 코 후 세 코 안으로 잡고…. 앗, 코가 하나 빠져 있다. 빠진 코를 줍고 실을 푼다. 꼬불꼬불하게 풀린 실을 감은 다음 다시 뜨기 시작한다. 정확하게 코를 세어 뜬다고 했는데 코가 또 빠져 있다. 코를 줍고, 실을 풀었다가 감은 다음 다시 뜬다. 스웨터를 영원히 완성하지 못할 것 같아 조바심이 난다.

달가닥거리는 소리에 눈을 떴다. 하얀 모자를 쓴 아주머니가 침대마다 재빠르게 식판을 놓았다. 내 침대에 붙어 있는 '금식' 팻말을 확인한 그녀가 잠시 나를 내려다보더니 병실을 나갔다. 그제야 스웨터를 뜨고, 풀고, 다시 떴던 게 꿈속에서 일어난 일이라는 걸 알았다.

잠시 뒤에 열 번째 수술이 시작될 예정이다. 수술이라는 단어를 생각만 해도 몸서리가 쳐졌다. 한숨과 함께 고개를 돌리는 내 눈에 부겐빌레아가 들어왔다. 손가락을 배에 심는 수술을 하던 날, 어쩌다 얼굴만 삐쭉 보이고 가던 딸이 웬일인지 아침 일찍 왔다.

"아빠가 가져가라고 했어. 엄마 기분이 좋아질 거라며. 무거워서 혼났어."

파란색 화분을 침대 옆 탁자에 올려놓으며 딸이 말했다.

진분홍 꽃받침 안에 앙증맞은 흰색 꽃이 세 개씩 피어 있는 희한한 꽃나무인 부겐빌레아는 남편과 나를 이어준 중매쟁이다. 진분홍색이 꽃이 아니라 꽃받침이라고 알려준 사람이 그였다. 그가 정성껏 돌본 덕분인지 햇빛이 잘 들지 않는 병실인데도 떨어진 꽃송이가 없었다. 진분홍 구름 속에서 살짝살짝 얼굴을 내민 하얀 꽃들이 이번 수술이 마지막이 될 거라고 알려주는 거 같았다.

경험의 횟수와 비례해서 수술이 편안해지면 얼마나 좋을까. 수술이 거듭될수록 공포의 강도도 점점 세졌다. 호흡조차 멎어버릴 거 같다. 언젠가부터 나는 다만 이번 수술이 마지막이었으면 하고 바랄 뿐이었다. 수술실에서 마취를 기다리는 동안 침대 난간이 다다다다 소리를 냈다. 아무렇지도 않다, 별 것 아니다, 하며 나 자신을 달래 보지만 자동으로 떨리는 몸을 진정시키기 어려웠다.

첫 수술을 했던 날, 불안하고 초조했던 그 순간, 어렸을 때 들었던 옛날이야기가 떠올랐다. 계모의 음모로 손이 잘린 채 쫓겨난 소녀가 있었다. 소녀는 손이 없다는 사실을 망각한 채 우물에 빠진 아이를 구하려고 본능적으로 팔을 뻗었다. 그런데 신기하게도 차가운 우물물에 팔이 닿는 순간 손이 생겨났다는 것이다. 내게도 그런 기적이 일어나기를 바랐다.

오른손 엄지를 살리기 위해 열 번이나 되는 수술을 감내한 이유는 왼손 검지가 불완전하기 때문이었다. 관절 부분이 부러져 철심을 두 개 박았는데 회전 유합이 된 데다 강직이 와서 펴기도 어렵고 구부리기도 어려웠다. 나무로 깎아 만든 손가락처럼 뻣뻣하게 곧추서 있었다. 엎친 데 덮친다더니 오른손 엄지마저 잘리고 말았다.

마취제가 정맥을 타고 들어가자 경직된 근육이 풀리며 서서히 경련이 멈추었다. 수술방에서는 고향 집 방안을 떠돌았던 씁쓸하고 독한 소독약 냄새가 났다. 희미한 의식 속에 아버지의 손이 나타났다. 붕대에 감긴 아버지의 왼손이 눈사람 얼굴처럼 둥그렇고 하앴다. 나는 방 한쪽 구석에 쪼그리고 앉아서 아버지의 입술 사이로 새어 나오는 신음을 들었다. 다섯 살 아이는 아버지의 하얀 손이 무서웠다.

아버지는 손으로 물건을 만드는 재주가 남달랐다. 철판을 잘라서 화목난로와 드럼통 모양으로 생긴 군고구마용 오븐과 고기를 굽는 철제 테이블을 만들었다. 어느 날 철판을 자르는 칼날이 아버지의 중지와 약지 끝을 잘랐다. 몇 달이 지나서 아버지가 손에 감긴 붕대를 풀었을 때 신기하게도 손톱이 다시 자라나 있었고, 손가락도 원래 모양 그대로였다. 나는 긴 꿈을 꾼 거 같았다.

나중에 아버지는 의사 말대로 봉합했으면 손톱 부분이 없는 뭉툭한 손가락이 되었을 거라고 말했다. 잘려나간 부위가 으깨져서 접합 수술이 불가능하다며 의사가 봉합하려고 했지만, 아버지는 손톱 뿌리 부분이 남아있으니 봉합하지 않겠다고 우겼다는 것이다. 손톱이 제대로 자라나지 않는다고 해도 결과는 마찬가지일 테니 기다려보겠다고 고집을 부렸고, 의사는 어이없다는 표정으로 손가락을 싸매 주었다고 한다.

아버지는 손톱도 자라고 손가락도 원래 모양을 되찾았다는 이야기를 무용담처럼 늘어놓으셨다. 항생제를 먹는 건 물론이고, 캡슐을 열어서 가루를 손가락에 듬뿍 뿌린 다음 꽁꽁 묶어 두었더니 손가락이 원래 모양을 찾더라는 것이다. 아버지는 그 후로도 오래오래 철판을 잘라서 사람들이 필요로 하는 물건을 만드셨다. 하지만 나는 아버지처럼 할 수 없었다. 엄지손가락이 통째로 절단되었기 때문이다. 이틀이 멀다 하고 병원에 오신 아버지는 손재주만 닮으면 되지 손가락 잘리는 건 왜 닮느냐며 눈시울을 붉히셨다.

아버지는 자신의 손재주를 물려받았다는 이유만으로 아들인 동생보다 딸인 나를 더 이뻐하셨다. 나는 뜨개질이 재미있었다. 생애 최초의 작품은 초등학교 일학년 때 대바늘과 털실로 짠 목도리였다. 내 팔길이만 한 목도리는 겉뜨기만으로 이루어졌다. 안뜨기를 배운 다음 메리야스 뜨기로 아버지를 위한 목도리를 짰다. 동생의 모자와 엄마의 스웨터와 내 반코트까지. 내 손에서 태어나는 작품의 종류가 점차 늘어났다. 여름에는 하얀 실로 코바늘뜨기를 했다. 라운드 티셔츠나 원피스에 내가 뜬 하얀 칼라를 붙이면 옷들은 고급스럽게 변했고, 나는 이런 변화가 자랑스러웠다. 꽃병 받침이나 식탁보는 물론이고 카디건도 떴다. 대바늘과 코바늘만 있으면 못 만들 게 없었다. 고등학교 일학년 때 뜨개질로 돈을 벌 수 있다는 사실을 알았다. 친구들이나 동네 사람들의 부탁을 들어준 것뿐인데 그들은 들어간 실 값보다 많은 돈을 주었다. 수입으로는 별 게 아니었지만 내 손으로 번 돈이라 몹시 기뻤다.

뜨개질을 좋아하다 보니 자연스럽게 편직 공장에 취업했다. 요즘은 컴퓨터를 이용한 작업이 대세지만 소량 생산하는 고급 니트는 여전히 사람과 기계가 일대일로 작업한다. 원사 염색도 손으로 하고, 소매, 앞판, 등판, 앞가슴을 연결하는 바느질도 손으로 한다. 자수를 놓고, 반짝이나 구슬을 붙이는 과정에도 사람 손이 필요하다. 생활의 달인에 나왔던, 암흑 속에서 양복을 꿰매던 장인과 비교할 수는 없겠지만, 나는 이 모든 공정을 혼자 할 수 있는 기술자였다. 달인의 명칭을 얻은 그 여자는 여남은 평 남짓한 좁은 공간에서 일하고 있었다. 편직기 때문에 내 작업장이 훨씬 넓지만, 일용직이라는 점에서는 같았다. 의류산업 자체가 사양길에 접어든 탓에 밤을 새워 일해도 호시절 주간수당에 못 미치는 일당을 받았다. 문을 닫은 공장이나 가게도 많은 터라 불평할 수는 없었다.

엄지손가락이 잘리던 날도 야근조였다. 퇴근하기 전 언제나처럼 기계 상태를 점검했다. 기계 사이에 실 같기도 하고 보풀 덩어리 같기도 한 게 끼어 있었다. 손가락으로 집는 순간 탁 소리가 났다. 분명히 전원을 껐다고 생각했는데 착각이었다. 악 소리도 내기 전에 손가락이 잘려나갔다. 손가락이 잘렸을 때 제일 먼저 든 생각은 '사장님께 전화해야지'였다. 바로 옆에 소방서가 있었건만 119를 부를 생각도 하지 못했다. 그랬다면 응급조치를 받고 잘려나간 손가락도 나와 함께 병원으로 왔을 것이다. 사장님에게 전화한 후 왼손으로 오른손을 꽉 누르고 택시를 탔다. 살짝만 베어도 쓰리고 아프다. 그런데 손가락이 싹둑 잘려나가고 나니 오히려 아픈 줄 몰랐다. 피도 별로 나지 않았다.

손가락이 잘렸다는 말을 들은 기사가 대학병원으로 차를 몰았다. 응급실은 아수라장이었다. 복도에도 사람들이 누워있었다. 내 발로 걸어 들어간 나를 보고 간호사가 어디가 아파서 왔느냐고 냉랭하게 물었다. 손가락이 잘렸다고 하자 그녀가 급히 의사를 불렀다. 응급처치한 젊은 의사가 "빨리 접합 전문병원으로 가세요."라고 말했다. 나는 내 귀를 의심했다. 이렇게 큰 병원에서 치료하지 못한다면 어디서 할 수 있다는 말인가? 어안이 벙벙한 표정으로 서 있는 내게 "대학병원에서는 이런 수술 안 해요."라고 짤막하게 말한 그는 다른 환자를 보러 갔다. 어느 병원으로 가야 하는지도 알려주지 않았다. 처음 나를 맞이했던 간호사가 다가와서 수지 접합을 하는 전문병원으로 가야 한다며 병원 이름을 적어주었다.

나는 또 택시를 탔다. 접합 전문병원 의사가 "손가락은 어디 있어요?" 하고 물었을 때야 비로소 편직기 사이에 손가락을 남겨두고 왔다는 사실을 깨달았다. 모든 걸 스스로 해결하는 게 몸에 배어 있어서 위기의 순간에도 119를 부르거나 병원 구급차 좀 태워달라는 말을 할 생각이 나지 않았다. 빨리 가자고 애꿎은 택시 기사만 들볶았다. 사장님이 기계에 끼어 있던 손가락을 가지고 온 다음에야 수술이 시작되었다. 혈관과 신경을 무사히 이었다고는 하는데 손가락이 살아날지는 미지수였다.

밤마다 돌부리를 부여잡고 안간힘을 쓰면서 수직으로 난 바위 절벽을 기어올랐다. 조금만 더 올라가면 되는데 손가락이 잘려 나가며 바닥으로 떨어졌다. 바위에 붙어 있는 손가락을 보며 아득히 떨어져 내리다가 눈을 뜨면 쏟아지는 불빛에 눈이 부셨다.

눈을 감았다가 떴다가 하면서 끊임없이 절벽과 병실을 오갔다. 꿈인지 현실인지 환각인지 구분되지 않는 날이 오래 계속되었다.

침대를 가리는 커튼과 흰 벽뿐인 병원에서 하루바삐 나가고 싶은 마음과 달리 나는 최장기 입원자가 되었다. 옆 침대의 주인이 여러 번 바뀌었다. 한 달 이상 입원했던 사람은 두 명이었다. 그들이 퇴원한 이후에도 목소리는 유령처럼 병실을 떠돌았다.

대형마트는 청소를 밤에 혀. 바닥에 왁스 작업을 하는디 자정부터 새벽 5시까지 하거든. 그날따라 감독이 일반 세정제를 쓰지 않고 묵은 때 벗기는 엄청 미끄러운 걸 쓴 거여. 나는 그걸 몰랐제.

초등학교 급식실에서 일해요. 10년 넘게 써오던 야채 절단기를 바꿔 달라고 했는데 안 바꿔 줘서 서로 안 쓰려고 하는 거예요. 근데 메뉴가 카레라이스였어요. 손으로 작게 썰려면 힘드니까 절단기를 써야 했어요.

남자들이 첫 마포 질을 하면 여자들이 둘째 마포 질을 하는데 아무도 없는 거여. 이상하다고 생각하면서 한 발을 내딛다가 바로 넘어져 버린 겨. 쿵 소리가 나더라고. 머리를 다친 줄 알았제. 가만히 누워있다가 일어나려고 오른손으로 바닥을 짚는데 엄청나게 아파서 아, 팔이 잘못됐나보다 하고 보니 손이 팔목과 어그러져서 반쯤 옆에 가서 붙어 있는겨.

기계가 후져서 재료를 넣고 너무 기다리면 부서져요. 빨리빨리 다음 재료를 넣어야 해요. 당근을 넣을 때 기계를 잘 잡고 있어야 했는데 그러지 못했나 봐요. 기계가 가운뎃손가락을 탁하고 쳤고, 손이 기계 사이에 끼었죠. 무서워서 볼 수가 없었어요.

꿈속에서 나는 마트로, 학교 식당으로 갔다. 마트에서 넘어지며 오른손으로 바닥을 짚었고, 학교 식당에서 야채 절단기에 손이 끼었다. 언제나 비명을 질렀는데 소리는 밖으로 나가지 못하고 입안에 갇혀 있었다. 비몽사몽 중에도 나는 다시 살아난 아버지의 손가락을 생각해 내려고 애썼다. 내 손은 기능적인 면뿐만 아니라 형태적인 면에서도 아버지의 손을 닮았다. 아버지의 손은 피부가 거친 것만 빼면 상당히 보기 좋은 손이었다. 손바닥이 두툼하고 마디가 굵었지만 손가락은 길었다. 큰 손으로 섬세한 작업을 하는 아버지의 손을 보며 나는 모종의 경이로움을 느끼고는 했다. 원래 모습을 되찾은 내 손이 아버지의 손과 겹쳐졌다.

혈관과 신경을 잇는 최초 접합 수술은 무려 일곱 시간이 걸렸다. 신경이 너무 많이 뽑혀 나간 탓인지 손가락 끝이 감각이 없었고 앙상하게 뼈가 드러난 부위의 피부도 재생되지 않았다. 엄지손가락을 살릴지 말지 결정해야 했다. 나는 무슨 수를 써서라도 엄지를 살리고 싶었다. 재활치료를 열심히 하면 바느질도 뜨개질도 할 수 있을 거라는 희망을 버리지 않았다. 의사 선생님도 왼손 검지가 시원치 않으니 오른손 엄지는 어떻게든 살려야 한다고 말씀하셨다. 붙여두었던 손가락을 다시 떼어 냈다. 신경이 죽은 부위는 잘라내고, 복부를 15cm 정도 절개한 다음 나무 심듯 잘라낸 손가락을 심었다. 뱃살이 손가락에 살을 나눠주기를 기대하면서.

마트에서 손목이 부러졌다는 여자가 측은한 눈길로 나를 보며 내 시중을 들어주려고 애썼다. 붕대로 싸맨 크기로 보아 자기가 더 중한 환자라고 여기던 그녀는 희망을 잃지 말라고 나를 다독였다. 산재로 인정받기 위해 노무사를 고용했다는 그녀는 한 손 엄지의 기능만 잃어도 장애 등급을 받을 수 있다고 말해 주었다. 엄지 하나가 팔 하나, 다리 하나, 발가락 열 개 만큼 가치가 있다는 거였다. 하지만 나는 그녀가 내뱉은 지체장애인이라는 단어가 끔찍했다. 그녀는 입원 기간 내내 119를 부르지 못하게 했던 팀장을 원망하며 용역회사 소속인 자신의 신분을 한탄하고는 했다.

119를 불러야 하는데 마트에서 알면 안 된다면서 못 부르게 하는 거여. 너무 아파서 몸이 사시나무처럼 떨리고 눈밭에 맨몸으로 선 것처럼 추웠어. 팀장이 나를 태우고 병원으로 가면서 집 화장실에서 넘어졌다 하라고 하더군. 기절할 것처럼 아픈 걸 참고 있는 내게 거짓말까지 하라고 강요하는거. 감독을 죽이고 싶었어. 그런데도 나는 시키는 대로 말할 수밖에 없었어. 쫓겨날까봐. 의사가 화장실에서 넘어졌는데 어떻게 이렇게 될 수 있느냐고 하면서 뼈를 맞추는데 정말이지 톱으로 뼈를 켜는 거 같았어.

억울함을 호소하던 그녀는 동료들이 가지고 온 비타민이나 주스 같은 것들을 남기고 깁스한 하얀 손을 흔들며 병실을 떠났다. 119를 이용하지 못했다는 결과는 같았지만, 나는 탓할 사람이 없었다. 잘 가라는 인사도 하지 못하고 그녀를 보냈다. 통원치료만 받으면 된다는 그녀가 부럽기만 했다.

급식실에서 손을 다친 여자는 입원한 지 며칠이 지나도록 아무 말도 하지 않았다. 나는 그녀의 침묵을 분노나 후회라고 마음대로 해석했다. 배에서 꺼낸 손가락을 손에 붙이던 날, 이렇게 신기한 수술은 처음 본다며 그녀가 처음으로 말을 걸었다. 그녀는 나처럼 손가락이 싹둑 잘린 건 아니었다. 중지 뼈만 톱날처럼 부러진 상태였고, 119를 타고 왔기 때문에 응급처치도 잘 되었다고 했다. 그녀의 말을 듣는 순간 왼손으로 오른손을 부여잡고 택시를 탔던 내 모습이 떠올랐다. 무능하고 무기력했다는 생각에 자조의 한숨이 나왔다. 나를 따라 한숨을 쉬며 그녀가 말했다. 일손이 부족해서 동동거릴 동료들 때문에 마음이 편치 않아요. 방학이 지나도 일할 상태가 되지 않으면 그만둘까 봐요. 모두에게 폐를 끼치니까요.

그녀의 한숨과 내 한숨은 차원이 달랐다. 이 마당에 다른 사람에게 폐 끼칠 게 걱정이라니, 불구가 되지 않았으니 저런 말을 할 수 있는 거야. 속 편한 걱정을 하는 그녀가 얄밉기만 했다.

엄마로서, 아내로서, 한 사람의 근로자로서 최선을 다하지 못했다는 자책감에 시달리는 나처럼 남편도 자신을 탓했다. 사고 소식을 듣고 병원으로 달려온 남편이 많이 울었다. 내가 화원을 말아먹지만 않았어도, 빚만 없었어도 당신이 밤마다 일하지 않아도 되었을 텐데. 돈을 많이 벌어주지 못해 미안하고 고생시켜서 미안하다고 빌었다. 어차피 이렇게 된 거 어떻게 하겠느냐고, 긍정적인 생각만 하고 나쁜 생각은 절대 하지 말라고, 당신 손발이 되어 주겠다고, 죽을 때까지 서로를 아끼면서 살자고….

고마운 말 몇 마디로 모든 게 해결된다면 얼마나 좋을까. 나는 아버지의 하얀 손만 생각났다. 아버지는 어떻게 견디셨을까? 원래 모습을 찾은 아버지의 손가락처럼 내게도 기적이 일어날까. 눈물이 귓속으로 들어가는데도 돌아누울 생각조차 하지 못했다. 새내기 대학생인 딸은 일주일에 두어 번 오면서도 힘들다고 불평했지만, 남편은 하루도 거르지 않고 오전 열한 시쯤 와서 오후 두시까지 머무르며 밥을 먹이고, 세수를 시켜 주었다.

남편을 아버지 작업장 근처에 있는 화원에서 처음 만났다. 콩으로 만든 음식이라면 무엇이든 좋아하는 아버지는 맷돌에 콩을 갈아서 두부와 콩국수를 만드는 식당에 자주 가셨다. 아버지가 트럭을 자갈 마당에 세우면 나는 화원으로 달려가곤 했는데, 마당을 사이에 두고 있는 화원의 꽃들을 보기 위해서였다. 토요일 오후였던 것으로 기억한다.

커다란 비닐하우스 안에 온갖 꽃들이 피어 있었다. 누군가 등 뒤에서 "만지면 안 돼요."라고 말했다. 늘 듣던 화원 주인의 목소리가 아니었다. 나는 움찔거리며 뒤를 돌아보았다.

"부겐빌레아랍니다. 하나 사 가실래요?"

화분을 들어 올리는 손의 주인은 선한 눈빛을 가진 젊은 남자였다. 긴 손가락처럼 얼굴도 기름했다. 진분홍색은 꽃이 아니라 꽃받침이라며 그가 웃었다. 나는 대답하지 않고 서둘러 식당으로 갔다. 한 주일 내내 앙증맞은 하얀 꽃이 생각났다. 일주일쯤 지나서 화원에 간 나는 손짓으로 부겐빌레아 화분을 가리켰다.

"이 꽃은 햇빛을 좋아하니 양지바른 곳에 두어야 해요. 물은 흙이 촉촉해질 정도로만 주세요."

그의 말을 되새기며 화분을 앞 베란다에 놓았다. 물 줄 때를 가늠하기 위해 아침저녁으로 화분의 흙을 만져보았다. 애지중지 길렀건만 어느 날 아침에 보니 꽃들이 모두 떨어져 있었다. 하루아침에 꽃이 져버려서 속상했다.

그날 이후 식당에 가도 화원에는 가지 않았다. 어느 날 자갈마당에 트럭을 세운 아버지가 뚜벅뚜벅 걸어서 화원으로 가셨다. 아버지가 들고 온 건 부겐빌레아 화분이었다. "이번에는 잘 키워보거라." 하시며 내게 화분을 건네셨다. 잘 키우려면 화원에서 일하는 젊은 남자에게 묻는 수밖에 없었다. 부겐빌레아가 환경 변화에 민감하다는 것을 알았고, 꽃말이 정열이라는 것도 알았다.

최선을 다해 돌보았는데도 불구하고 아버지가 주신 부겐빌레아도 잎이 누렇게 변하며 죽어갔다. 나무를 살리기 위해 화원의 젊은 남자에게 가지고 갔다. 쭈뼛거리며 화분을 내려놓고 죄지은 사람처럼 달아났다.

몇 달이 지난 뒤에 그가 아버지와 내가 콩국수를 먹고 있는 식당으로 왔다. 내가 오기를 매일 기다렸다면서. 그는 진분홍 꽃받침이 솜사탕처럼 얹혀 있는 부겐빌레아 화분을 주었다. 온 산에 진달래가 핀 것처럼 아름다웠다. 세심하게 나무에 정성을 기울이는 사람의 심성이 나쁠 리 없다고 생각했다. 그는 나의 남편이 되었고, 나는 그의 아내가 되었다. 소박하게 시작했지만 둘이 열심히 일하면 잘살게 될 거라고 믿었다.

눈앞에 손들이 어른거렸다. 씨앗을 심는 손, 묘목의 뿌리를 자르는 손, 화분에 옮겨 심는 손, 물을 주는 손, 모양을 잡기 위해 나뭇가지에 철사를 감는 손, 나뭇잎을 닦는 손, 손가락 끝이 살짝 뒤집히는 손재주 있게 생긴 손, 가무잡잡하고 거칠지만 내가 사랑하는 남편의 손. 그리고 내 손, 뜨개질하는 손, 나물 무치는 손, 걸레질하는 손, 빨래하는 손, 엄지가 잘린 나의 손.

손가락을 심은 지 보름쯤 지났을 때 배에서 꺼낸 엄지를 손에 붙였다. 그런데 피부가 온전히 살아나지 않았다. 허벅지에서 피부를 떼어내 손가락에 이식했다. 2주일을 기다렸지만 실패였다.

2차 이식 수술을 하던 날 마취과 의사가 아니 여기 왜 이래?" 하고 소리쳤다. 그는 입을 딱 벌리면서 많이 아팠을 텐데 어떻게 참았어요? 하고 물었다. 정말이지 나는 모든 통증이 손가락 때문에 오는 줄 알았다. "면역력이 떨어지면 대상포진이 오는데….."라는 간호사의 말을 듣는 순간 내 면역력이 형편없어서 회복이 더디고, 그런 연유로 수술이 되풀이되는지도 모른다는 생각이 들었다. 지독한 아픔이었다. 옷깃이 스치기만 해도 따가웠고 쑤시고 찌르는 듯한 통증이 뒤를 이었다.

정맥주사를 맞으면 주삿바늘 꽂힌 주위가 퉁퉁 부었고, 엉덩이 살은 딴딴하게 굳었다. 핫팩으로 찜질을 해도 그때 뿐이었다. 대상포진약에 엄지를 위한 약까지 한 주먹씩 먹고 나면 명치끝을 쥐고 비트는 듯한 통증과 더불어 구역질이 났다. 위내시경 검사 결과 깨끗하다는 소견이 나왔지만, 속 쓰림은 가라앉지 않았다. 위가 아파서 밤중에 잠이 깼고, 한 번 잠이 깨면 다시 잠들지 못했다. 칼날 잎을 가진 나무들이 줄지어 서 있어서 바람이 불 때마다 떨어지는 칼날에 온몸이 베인다는 검수지옥의 고통이 이럴까 싶을 만큼 끊임없이 통증에 시달렸다. 주사를 맞으면서 울었고, 밥을 먹다가도 울었으며, 한밤중에 자다 깨서도 울었다. 세 번의 피부 이식 수술을 받는 동안 손가락을 살리지도 못하면서 돈을 벌기 위해 수술을 되풀이하는 것 아닌가 하고 의사를 의심하기도 했다.

나쁜 짓을 한 적도 없고, 성실하게 살고자 했을 뿐인데 왜 이런 고통을 당해야 하는지 이해가 되지 않았다. 일하지 않고 그냥 집에서 놀았더라면. 야근하지 말라는 남편의 말을 들었더라면. 무슨 예감이라도 있었는지 남편은 수입이 줄더라도 낮일만 하라고 통사정을 했었다. 제발 집에서 좀 쉬라고 윽박지르기까지 했는데 나는 귓등으로 흘려버렸다. 나를 생각해서 하는 말인 줄 알지만 두 아이 뒷바라지를 하려면 어떻게든 돈을 벌어야 했다. 특히나 예쁜 것을 좋아하는 딸 아이는 가지고 싶은 것도 많고 하고 싶은 것도 많다. 남편을 닮아 보기 좋은 손을 가진 딸은 손톱을 예쁘게 가꾸고 싶어 한다. 대학 입학 기념 선물 대신 네일샵에 데려가 달라고 졸랐을 정도였다. 딸 아이가 손톱 위에 사과도 그리고 꽃도 그리는 걸 보면서 내 손톱도 꾸미고 싶다는 생각을 처음 했다. 하지만 나무막대 같은 왼손 검지와 마디가 굵고 거친 오른손을 내려다보고 있자니 개 발에 편자고 돼지 목에 진주목걸이라는 생각이 들었다. 나는 누구의 손이든 예쁜 손보다 일하는 손이 보기 좋다고 자신을 달랬다. 무엇인가를 창조하는 손이 가치 있다고 믿고 싶었다.

치장한 손톱에서 얻는 만족과 내 손끝에서 태어난 아름다운 옷들을 보며 느끼는 행복을 단순하게 비교할 수는 없을 거 같았다. 한 벌 한 벌 만들 때마다 나는 언제나 정성을 다했다. 엄지가 잘리던 날 연두색으로 빛나는 초록색 원단을 짰다. 연둣빛으로 보이는 건 실에 세 가지 색이 섞여 있기 때문이었다. 가느다란 초록색 빗살 무늬가 염색된 실 위에 노란색 점이 찍혀 있었다. 투명한 시 퀸(반짝이)을 일일이 감은 다음 광택이 있고 투명도가 높은 흰 빛깔로 전체 염색을 한 모양이었다. 이렇게 아름다운 초록색은 본 적이 없었다. 염색 장인의 솜씨가 분명했다. 이런 고급 실로 만든 옷은 한 벌에 수백만 원을 호가한다. 색깔이 너무 매혹적이어서 사장님께 어떤 옷을 만들 건지 물었다. 사장님은 오프 숄더 원피스를 만들 원단이라고 했다. 어깨까지 드러나는, 반짝이는 연초록 원피스를 입으면 누군들 아름답지 않겠는가. 재단이 끝나면 바느질도 내가 할 예정이었다. 딸에게도 이런 원단으로 옷을 만들어 입히고 싶었다. 피부가 하얘서 그야말로 피어나는 연분홍 장미 같을 터였다.

딸에게 예쁜 옷도 만들어 주지 못하고, 고 1인 아들의 학원비도 줄 수 없다는 사실이 슬펐다. 무엇보다 수술칼이나 가위, 핀셋 같은 도구를 보는 게 끔찍했다. 내 손가락을 자르기 위해 도구나 기계가 존재하는 거 같았다. 드레싱 할 때 들리는 금속성 소리나 식판 운반용 카트 구르는 소리에도 혈압이 높아졌다. 딸이 왔다 간 이후 혈압이 170까지 올라갔다.

"엄마도, 할아버지도 도대체 왜들 그런 거야? 왜 꼭 그런 일을 해야 해?"

딸은 집안일이 힘들다며 짜증을 냈고, 야근은 왜 했냐며 나를 나무랐다.

그 일을 사랑하니까. 무언가를 만들어내지 못하면 견딜 수 없어서. 나는 이 말을 입 밖으로 내뱉지 못했다. 내가 하는 일을 너무 거창하게 포장하는 게 아닌가 싶어서였다. 아마, 아마 우리는….

"도대체 퇴원은 언제 하는 건데?"

미간을 잔뜩 찌푸린 채 딸이 물었다.

"몰라, 나도 빨리 퇴원하고 싶어."

빨리 퇴원하고 싶은 사람은 나였다. 이렇게 사느니 죽는 게 나을 거 같았다. 간호사가 하루에 몇 번씩 혈압을 재러 왔다. 마음을 편히 가지지 않으면 혈압이 더 올라갈 수 있다며 나를 달랬다. 하지만 나는 자다가 죽기를 바랐다. 죽으면 시도 때도 없이 밀려오는 통증에서 벗어날 테고, 사는 의미나 이유 같은 건 생각하지 않아도 될 테니까.

피부 이식 수술만 성공하면 치료가 끝날 줄 알았다. 그런데 손가락이 어디에 살짝 닿기만 해도 자지러지게 아팠다. 물리치료 시간에 치료사가 그대로 두면 계속 아플 거라면서 아무래도 신경을 잘라버려야 할 거 같다고 말했다. 신경 절단 수술을 또 받았다. 절반이 겨우 남은 손가락에 또 칼을 댔다. 손톱 부분이 잘려나가고 없어서 뭉툭하고, 여러 번 자르고 꿰매느라 흉터도 많아서 보기에 흉측했다.

신경 절단 수술까지 받은 내 엄지는 기능을 모두 잃었다. 조금 남은 부분에 연필 같은 것을 끼운 다음 떨어뜨리지 않고 유지하는, 단순한 그 동작을 위해서도 오랜 시간 재활이 필요하다고 했다. 침대에 앉아서 휴대폰을 뒤적이며 엄지에 대해 검색했다. 엄지 통증, 엄지 상실, 엄지 산재 등의 관련 기사나 문서, 커뮤니티 게시글 등을 훑었다. 엄지가 잘린 데 대해 손가락 하나 없을 뿐인데 뭐, 라거나 생명이 위중한 다른 환자도 많은데, 라며 대수롭지 않게 말하는 사람들도 많았다. 하지만 엄지야말로 문명을 이룬 주인공 아닌가. 엄지가 짧아진 덕분에 인간은 도구를 능숙하게 다룰 수 있게 되었다. '질'로 끝나는 여러 동작에는 엄지가 필요하다. 가위질, 젓가락질, 바느질, 뜨개질, 칼질…. 이제 나의 왼손도, 오른손도 '질'을 잘 할 수 없다. 그림자놀이조차 할 수 없는 손이 되었다. 개와 말의 한쪽 귀는 잘려나갔고, 꽃게의 다리에는 집게가 없었다. 엄지가 없어도 별문제가 없다면 의사도 그렇게 열심히, 조금이라도 살려보려고 애쓰지 않았을 것이다. 흉물스러운 손가락을 보고 있자니 눈물이 났다.

거듭되는 수술이 너무 힘들어서 엄지 없이 살겠다고 했을 때, 의사는 왼손도 불편한데 오른손 엄지마저 없으면 안 된다면서 포기하지 말라고 나를 다그쳤다. 내 손을 살피는 그의 손은 손가락이 길고 날렵했다. 접합 분야에서 이름난 명의라지만 오른손 엄

지가 사라진다면 그 역시 혈관을 잇고 신경을 잇는, 섬세하고 복
잡한 수술을 하지 못할 것이다.

부겐빌레아 화분 옆에 선 남편이 누군가와 통화하고 있었다.
내가 일하지 못하니 보수가 나은 일자리를 찾고 있는 모양이었
다. 아침에는 유치원생들을 실어 나르고, 오후에는 보습학원생들
을 실어 나르는 남편은 기름값 등의 운영비를 제외하고 100만 원
조금 넘는 돈을 손에 쥐었다. 내가 벌 때는 생활도 하고 화원을
운영하다 진 빚도 조금씩 갚을 수 있었다. 예전에는 입주가 시작
되는 신규 아파트 단지에 화원을 내면 장사가 잘 되었다. 남편은
대출을 받아서 지인이 하는 화원을 인수했다. 그런데 스마트폰이
나온 이후 사람들은 스마트폰하고 놀기 바빠서인지, 아니면 오랜
시간 정성을 쏟는 게 부담스러워서인지 분재의 가치를 알아주는
사람이 드물었다. 적자가 쌓여갈 즈음 건물이 경매에 넘어갔다.
분재란 화초나 나무를 화분에 심어서 줄기나 가지를 보기 좋게
가꾸는 것이다. 부겐빌레아처럼 꽃을 보기 위한 상화분재도 있고
열매를 보기 위한 상과분재나 잎을 보기 위한 상엽분재도 있다.
어떤 분재든 팔리는 상품을 만들기까지 수년이 걸린다. 씨앗이
나 묘목을 심는 단계부터 모양을 잡는 모든 단계에서 정성을 기
울여야 한다. 오랫동안 키운 분재를 헐값에 넘기고 남편은 일주
일도 넘게 앓았다.

나보다 화분에 심긴 식물을 더 사랑하는 것 같다고 남편에게 바가지를 긁은 적도 있었다. 하지만 나도 남편 못지않게 남편이 가꾸는 식물들을 사랑했다. 야간작업을 주로 했던 건 남편이 화원에서 일하는 모습을 하루빨리 보고 싶어서였다. 내가 원단을 짜고 옷을 만들며 행복해했듯 남편은 꽃과 나무를 가꾸며 행복해했다. 소망과 행복 같은 말들이 엄지와 함께 사라진 지금 나는 다만 생계를 걱정해야 한다.

수술을 반복한 지 90일째. 마침내 퇴원한다고 생각하니 만감이 교차했다. 부겐빌레아의 암시대로 열 번째 수술이 마지막 수술이 되었다. 퇴원 절차를 마친 남편이 병실에서 쓰던 물품을 담은 가방과 부겐빌레아 화분을 승합차 뒷좌석에 실었다. 그런데 하룻밤 사이에 꽃잎이 죄다 떨어져 있었다. 하늘은 맑고 햇빛은 찬란했지만 떨어진 꽃들 때문에 기분이 나빴다.

"햇빛은 왜 이렇게 환한 거야."

내 목소리에 짜증이 묻어났다. 햇살 아래 드러난 엄지손가락은 소름 끼치게 징그러웠다. 남편이 안타까운 눈빛으로 나를 보았다.

"일 그만하고 편하게 살라고 이런 일이 생겼다고 생각해. 앞으로 아무 일도 하지 마. 내가 다 할 테니."

"체, 일만 안 하면 행복한가? 당신은 내 맘을 몰라. 남편이라면서 어찌 그리 무심할 수 있지?"

일하지 못하는 게 문제가 아니라 무서워서 어떤 도구도 쓰지 못할 거 같은 게 문제였다. 철심이 두 개나 박혀 있는 왼손 검지와 반만 남은 오른손 엄지. 내 손가락에 장해를 입힌 건 손가락의 기능을 높여주기 위해 만들어진 기계였다.

남편은 아무 대꾸도 하지 않고 운전대만 잡고 있었다. 어느새 차가 집 앞에 와서 섰다. 석 달 만에 오는 집이다. 가슴이 울컥하며 뜨거운 게 목에 걸렸다. 남편의 뒤를 따라 현관 안으로 들어섰다. 남편이 점심상은 자기가 차릴 테니 앉아서 TV나 보고 있으라고 말했다. 거실 구석에 로봇 청소기와 청소용 물티슈가 쌓여 있었다. 물건들은 제자리에 놓여 있지 않았고, 퀴퀴한 냄새가 나는 거 같기도 했다. 주부 없이 꾸려온 살림이니 오죽하겠는가. 나무들만 제 자리를 지키고 있었다.

그런데 적송의 모양이 좀 이상했다. 수령 20년이 넘는, 소담스러운 잎이 멋진 소나무는 나와 우리 가족이 제일 좋아하는 나무였다. 자세히 보니 왼쪽 가지가 반쯤 잘려 있었다. 내가 보는 방향에서 왼쪽이니 나무 입장에서는 오른쪽 가지가 잘린 셈이다. 튼실한 몸통에서 뻗어 나간 다섯 개의 가지 중 제일 높은 가지를 중지라고 치면 검지는 45도 정도 왼쪽으로 기울어져 있고, 엄지는 바닥과 거의 수평을 이루고 있어 손가락을 쫙 펼친 손 모양이었다. 가지가 왼쪽으로 낮고 길게 뻗어 나가도록 오래오래 공을 들였는데 내가 없는 동안 무슨 일이 생긴 걸까?

"아니, 소나무가 왜 저래요? 가지가 왜 잘렸어요?"

서둘러 안방으로 베란다로 다니며 나무들을 살폈다. 소나무 뿐만 아니라 다른 나무들도 모두 오른쪽 끝 가지가 반쯤 잘려 있었다. 둥치의 굴곡이 눈코입 모양이라 금방이라도 말을 할 것 같은 단풍나무도, 다섯 그루를 모아 심기 한 너도밤나무도, 빨간 열매가 예쁜 가막살나무도 오른쪽 가지가 잘려 있었다.

"도대체 나무들에게 무슨 짓을 한 거예요?"

소리를 지르며 남편을 노려보았다.

"가지가 조금 잘렸다고 해서 나무들을 버릴 거야? 정성을 기울여서 더 잘 키우겠지?"

남편이 온화한 눈길로 나를 보며 말했다.

"나무를 이렇게 해 놓으면 내가 좋아할 줄 알았어요?"

나는 적송 화분을 머리 위로 높이 쳐들었다. 남편이 후다닥 내게 달려오는 것과 동시에 현관문이 열렸다. 딸이었다. 남편이 빼앗듯이 화분을 받아서 TV 옆에 놓았다. 나는 천천히 팔을 내렸다. 나뭇가지는 다시 자라나겠지만 뭉툭하고 거무스름하며 꿰맨 자국이 가득한 징그러운 내 손은 영원히 제 모습을 찾지 못할 것이다. 하룻밤 사이에 꽃이 모두 떨어져 버린 부겐빌레아처럼 내 마음도 한없이 아래로 떨어져 내렸다. 그 자리에 풀썩 주저앉은 내 목에서 짓눌려 있던 울음이 통곡이 되어 터져 나왔다.

"장갑이에요. 엄마한테 필요할 거 같아서요."

눈물에 젖은 내 눈앞에 살색 레이스 장갑을 들이밀며 딸이 말했다.

(『한국소설』 2020년 3월호)

10cm

공기 속에는 클로버 향 같은 병원 특유의 냄새가 섞여 있었다. 침대 난간을 잡고 종종걸음을 치는 윤주를 보는 경민의 심경이 복잡했다. 한 뼘도 되지 않는 곳에 윤주의 손이 있었지만 얼마 안 되는 그 간격이 무한히 멀게 느껴져 차마 윤주의 손을 잡지 못했다. 천장의 불빛이 휙휙 빠르게 스쳐 지나갔다.

침대를 밀던 조무원이 수술실 입구의 자동문 앞에서 멈춰 섰다. 경민은 윤주에게 그만 가 보라고 손짓했다. 봉직의인 윤주가 대기실 안으로 들어올 수 있다는 걸 알지만 경민은 여기서 그만 윤주를 보내고 싶었다. 경민의 어깨를 다독이는 윤주의 눈빛이 흔들렸다. 윤주의 눈동자에 비친 경민도 흔들렸다. 무슨 말이든 하고 싶은 마음과 달리 경민의 머릿속은 망연하기만 했다. 양쪽으로 활짝 열린 문 안으로 침대가 미끄러져 들어갔다. 중앙에서 만나는 두 짝의 미닫이 유리문에는 통제구역이라는 글자가 적혀 있었다. 제와 구가 천천히 나타났고 통과 역이 뒤를 이었다. 붉은색 네 글자가 만든 경계는 성벽보다 견고하고 냉엄했다.

대기실에는 먼저 들어온 침대가 있었다. 서너 살 된 아기가 엄마 목을 꼭 끌어안은 채 "싫어, 엄마 싫어."를 외치며 계속 울었다. 간호사가 마취 주사를 놓을 때까지 아기를 안고 있으라고 엄마에게 말했다. 침대가 또 들어왔다. 반백의 할머니가 눈을 감은 채 두 손으로 침대 난간을 꽉 붙잡고 있었다. "걱정 마세요."라고 말하며 간호사가 할머니의 손을 어루만졌다. 걱정 마세요. 경민이 환자들에게 늘 하던 말이었다. 하지만 이번에는 자신에게 말하고 싶었다. 우연히, 예정에 없이, 귀신도 모르게, 감쪽같이 다가오는 게 고통이란 걸 알지만 막상 당하고 보니 어떻게 대처해야할지 갈피를 잡을 수 없었다.

걱정 마세요, 입 밖으로 터져 나가지 못한 말이 심연으로 천천히 가라앉았다.

* * *

경민은 호흡을 고른 다음 메스를 절개 위치에 대고 최적의 압력을 가늠하며 길게 그었다. 저항을 잃은 피부 위로 칼날이 소리없이 지나갔다. 작은 핏방울들로 얼룩진 하얀 피부가 무엇을 감추고 있는지는 미리 알 수 없다. X-Ray도, CT도, MRI도 보여주지 않는다. 지금 수술하는 부위는 큰 혈관과 신경이 지나가는 곳이라서 어젯밤 늦게까지 영상자료를 보며 몇 번이나 시뮬레이션했다. 절개 부위는 작을수록 좋고 수술 시간은 짧을수록 좋다. 최초 절개 위치를 잘못 정하면 이후의 모든 스텝이 꼬인다. 절개 범위가 너무 작으면 이상 조직을 정확하게 떼 내기 어렵고 지나치게 크면 피부 이식이 필요할 수 있다. 그래서인지 절개 범위를 결정하는 찰나의 칼끝에는 언제나 팽팽한 긴장감과 약간의 망설임이 배어 있다. 수술실에서 모든 것을 결정하는 사람은 집도의다. 환자에게 충분히 설명하고 환자의 결정권을 최대한 존중했다지만, 마취된 채 누워 있는 환자를 볼 때마다 경민은 무한에 가까운 책임을 느꼈다.

핏방울이 절개선을 붉게 물들이자 어시스턴트가 재빨리 거즈로 닦고 석션으로 시야를 확보해 준다. 수술실에는 질식할 것 같은 기묘한 정적만 흐른다. 칼을 든 집도의도 어시스턴트도 간호사도 말이 없다. 환자 감시 장비만이 과묵한 마취과 선생을 상대로 재잘거릴 뿐이다. 신나는 음악을 틀어 놓고 수술하는 의사는 이런 어색한 침묵이 싫은 것이리라. 치지직 거리는 낮은 소리와 함께 연기가 피어오르고 살 타는 냄새가 수술실 안에 퍼졌다.

수술 부위가 드러나는 순간 경민의 잡념이 사라졌다. 경민은 두꺼운 근육을 힘껏 젖히고 조심스럽게 조직들을 하나씩 박리하기 시작했다. 개개인의 인체는 해부학 교과서에 나오는 것처럼 일률적이지 않다. 혈관의 위치나 장기의 생김새가 모두 다르다. 얼마 전 어느 대학병원에서 두 환자의 수술 부위가 뒤바뀌는 어이없는 사고가 있었다. 갑상선 환자의 위를 떼 내고 위암 환자의 갑상선을 제거했다. 집도의가 시뮬레이션 한 번 하지 않은 건 물론이고 영상자료조차 확인하지 않아서 일어난 사고라고 믿기에 경민은 서너 번 이상 반복해서 시뮬레이션한다.

경민에게 있어 수술은 일종의 의식과도 같다. 머리로는 시뮬레이션 과정을 그리고, 눈으로는 환부를 보고, 손끝으로는 조직을 느끼면서 조심조심 가위로 자르고 소각기로 지진다. 원칙이나 매뉴얼, 문자로 표기된 그 어떤 것도 수술실에서는 의미가 없다. 살과 살이 부딪히고 피가 튀는 수술실에서는 본능 속에 녹아든 경험만이 길잡이가 된다. 육감이 오케이 신호를 보내야 장갑 너머로 만져지는 환자의 조직을 과감하게 잘라낼 수 있다. 짧은 순간 경민은 언제나 이성과 육감 사이에서 갈등한다. 경민의 이성은 아직 육감을 신뢰하지 못하는 듯하다. 얼마나 많은 수술을 집도해야 풀잎 위에 떨어지는 빗방울을 보듯 담담하게 수술할 수 있을까? 그런 날이 오기는 올까?

경민이 아직 수술실에 있다면 간호사가 받을지도 모른다고 생각하면서도 윤주는 통화 버튼을 눌렀다.

"잠깐 볼 수 있어요?"

"식당으로 가려던 참인데."

"방에서 기다릴게요."

윤주는 경민이 또 점심을 거르고 수술했구나 생각하니 짠했다.

"무슨 일이야?"

경민은 방에 들어서자마자 지친 목소리로 물었다.

"FD(섬유이형성증, Fibrous Dysplasia) 환자 때문에 왔어요."

"고작 FD 때문에 보자고 한 거야? 나 배고파. 난 또 무슨 심각한 일이 있는 줄 알았지. 다음 수술까지 삼십 분도 안 남았어. 나중에 얘기하자."

"잠시만요. 나도 바빠요. FD가 이상하다니까요? 녹은 거 같아요. 드물긴 하지만 악성 변이 가능성을 배제할 순 없잖아요. 우리 병원 다니기 시작한 지 얼마 안 된 거 같던데. 환자가 호소한 다른 증상은 없어요? 절단해야 할지도 몰라요."

"환자와 대면하지 않는다고 너무 쉽게 말하는 거 아냐? 절단이라니? 절단하면 깨끗하기야 하겠지. 하지만 함부로 그럴 수는 없어. 회복도 훨씬 어렵겠지만 환자 마음 생각해 봤어? 정신을 차려보니 다리가 없다고 해 봐."

윤주는 짜증이 났다. 산더미 같이 밀려 있는 판독을 미루고 뛰어와서 기다렸는데 말하는 품새라니. 임상 의사들은 늘 이런 식이다. 영상의학과 의사들은 환자를 배려하지 않는다고 생각한다.

경민의 환자라서 더 세심하게 보았건만.

"그래서요? 종양이 여기저기 전이되면 죽을 수도 있고 소송을 당할 수도 있는데."

"그럴 가능성이 얼마나 되는데? 케이스 리포트가 있기는 해?"

경민의 목소리가 높아졌다.

"1%도 안 되지만 보고는 많아요."

"환자 입장도 생각해 줘야지. 내가 알아서 할 테니 걱정 마."

경민은 윤주의 말을 더 듣지도 않고 식당으로 뛰어가 버렸다.

방으로 돌아온 윤주는 FD 환자의 영상을 다시 띄웠다. 경민은 환자의 다리를 살리려고 하지만 만에 하나 전이될 위험이 있다면 미리 잘라야 한다. 환자를 배려하는 마음을 이해하지 못하는 바 아니나 부담을 안고 갈 이유가 없다. 이성적인 판단만이 진단과 치료에 도움이 된다.

62세 남자, 양성종양 환자의 추적검사 영상이다. 지난번에 찍은 사진보다 투과성이 높아졌다. 간유리 음영처럼 불투명했던 곳이 뻥 뚫린 것처럼 보였다. FD가 변하면 안 된다고 생각하면서도 변할 수 있는데 괜히 오버하는 거 아닌가 싶기도 했다. 구체적으로 근거를 댈 수 없는 어떤 느낌일 뿐이지만 께름칙했다. 주치의인 경민과 함께 사진을 보면 느낌의 근거를 찾을 수 있을 줄 알았는데 시간만 낭비한 셈이었다.

바쁘기로 치자면 윤주도 경민 못지않았다. 다리가 붓는 걸 예방하기 위해 하지 정맥류 환자들이 신는 압박 스타킹을 신고, 거의 매일 어깨에 파스를 붙인다. 느긋하게 커피 한잔 마시지 못하면서도 번번이 정형외과 병동으로 달려가는 건 경민의 시간을 절약해 주기 위해서다. 경민은 자신의 몸을 최대한 혹사하면서 일한다. 지나치게 세심하고 지나치게 숙고한다. 유능한 칼잡이에 대한 염원과 가치 있고 유용한 사람이 되어야 한다는 강박에 짓눌린 사람처럼.

윤주가 인턴이었을 때 경민은 레지던트 3년 차였다. 작은 실수에도 모멸감을 느끼게 하는 환자들 때문에 의욕상실에 의기소침까지 겹쳐 의사가 되는 걸 포기하려고 했다. 그때 경민이 환자들과 대면하지 않아도 되는 영상의학과를 권했다. 냉정하고 치밀하니 판독을 잘할 거라면서. 경민의 조언을 받아들인 건 그의 말과 표정에서 진심이 느껴졌기 때문이었다. 그는 언제나 진지했고 누구에게나 진심이었다. 환자들에겐 특히 그랬다. 공감적 이해가 최고 수준의 이해이기는 하지만, 서로 다른 독립적인 개체로서 자신의 주체성도 유지해야 한다. 마음은 나누되 주관은 잃지 말아야 하는데 경민은 자주 환자와 자신을 동일시했다.

경민은 환자의 다리를 자르지 않을 것이다. 그가 옳을지도 모른다. 하지만 불안했다. 이런 종류의 불안은 논리적으로 설명하기 어렵다. 그야말로 막연한 감일 뿐이다. 윤주는 환자보다 경민이 더 걱정되었다. 전투가 반복되면 이길 때도 있고 질 때도 있다. 수술의 성공과 실패도 치료에 상존하는 과정에 불과하다. 고의로 환자를 사경에 몰아넣는 의사는 없다. 그러나 수술에 실패한 경민이 자책하며 괴로워할 게 뻔한 이상 강 건너 불 보듯 할 수는 없었다.

윤주의 스마트폰이 울렸다. 엄마였다. 맞선을 보라고 다그칠 모양이다. 몇 달 후면 서른네 살이 된다. 결혼은 필요조건도 아니고 충분조건도 아니라는 사실을 엄마는 인정하려 들지 않는다. 결혼이라는 것을 한다면 경민과 하고 싶지만, 엄마가 반대할 게 뻔했다. 돈 잘 버는 인기과 의사도 아니고 부잣집 아들도 아니니까. 윤주는 스마트폰의 전원을 껐다.

엄마는 사주쟁이가 했다는 말을 틈만 나면 들려주었다. 네가 남편을 비단 방석에 앉혀 놓고 먹이고 입히고 할 팔자래. 돈 많은 집 아들하고 결혼시킨 다음 네 이름으로 병원을 지으래. 평생 남편을 먹이고 입혀야 한다면, 그것도 비단 방석에 앉혀 두고 그래야 한다면 결혼하지 말라고 말려야 하는 거 아닐까? 여자 사주가 너무 세서 집에 들어앉아 살림할 팔자는 아니고, 사람을 구하는 일을 하면 부귀가 따르겠다고 했다면서 엄마는 의대를 고집했다. 직업을 가져야 한다는 사주쟁이의 말이 아니더라도 전업주부가 될 생각은 없었다. 문제는 의사라는 직업에 대해 제대로 알지도 못하면서 성적에 맞춰 의대에 갔다는 데 있었다.

실습이 시작되기 전까지는 문제가 없었다. 성적도 탑 쓰리 안에 들었다. 그런데 피 냄새를 맡는 순간 욕지기가 났다. 아픈 사람들을 매일 보고 있자니 미칠 거 같았다. 수능을 다시 봐서 다른 전공을 택할까 고민도 했다. 영상의학과로 가라고 조언하던 경민의 진솔한 눈빛 덕분에 고문에서 벗어난 셈이었다.

컴퓨터의 채팅방과 병원 내에서만 쓰는 메신저가 쉴 새 없이 딩동거렸다. 빨리 판독해 달라는 요청이 빗발쳤다. 윤주는 영상을 넘기며 빠르게 소견을 쓰기 시작했다.

경민은 FD 환자를 어떻게 수술할지 고심했다. 마취에서 깨어나 수술이 잘 되었구나, 하고 안도하는 순간 한쪽 다리가 없어진 것을 알면 환자의 심정이 어떻겠는가. 손가락 하나도 아니고, 발가락 하나도 아닌, 다리 하나가 없어지는 일이다. 사전 동의를 받고 다리를 자른다면? 그러면 환자는 냉정하게 결과를 받아들일 수 있을까?

윤주는 절단해야 할지도 모른다고 했지만, 잘 긁어내기만 하면 재발 가능성을 염두에 두더라도 잘라내는 것보다 나을 테지. FD가 육종성 변형을 해서 암으로 전이되는 경우는 드물다. 하지만 윤주의 말이 마음에 걸렸다. 윤주가 느낌이 좋지 않다고 말하면 문제가 있는 경우가 많았다. 환자를 빨리 외래로 불러야겠다고 생각했다.

채팅방의 알림음이 울렸다. 윤주였다.

－언제 퇴근해요? 나는 끝났는데. 응급 수술 있어요?

－아니, 자료 좀 찾아보려고.

－FD 환자 때문에? 내가 갈까요?

－그래.

경민의 방으로 온 윤주는 쇼핑백에서 샌드위치와 커피를 꺼냈다.

"식당에 안 내려왔죠? 제발 밥 좀 챙겨 먹으면서 일해요. 월급 더 주는 거도 아닌데."

"그러게. 배식 시간 맞춰서 식당 가기도 쉽지 않네."

경민이 샌드위치를 다 먹기도 전에 코드 블루 방송이 나왔다. 정형외과 병동이었다.

"갔다 올 테니까 조금만 기다려. 바쁘면 먼저 가도 돼."

황급히 달려가는 경민의 뒷모습을 보며 그가 환자가 아닌 누군가를 사랑할 수 있을지 의구심이 일었다. 자투리 시간에도 환자들의 영상만 들여다보지 않는가. 환자를 보는 그의 시선은 따뜻하고 다정했다. 그럴 때마다 윤주의 가슴은 질투로 뜨거워졌다. 영상의학과를 권하던 순간의 진심 어린 시선을 그 이후에는 받아본 적이 없었다. 지금은 누구의 사진을 보고 있었을까? 엔터 키를 눌렀다. 화면이 밝아지며 대퇴골 사진이 나타났다. 또렷하지는 않지만 종양 같았다. 내일 수술할 환자인가? 사진을 다시 들여다보았다. 그런데 왜 담당 의사의 이름이 환자 성명란에 적혀 있을까? 보안이 필요한 환자인가? 성명 아래 적혀 있는 생년월일과 전화번호를 확인했다. 틀림없는 경민의 인적 사항이었다.

해부학 실습 첫 시간에 실습대 위에 즐비하게 늘어선 시신들을 보았을 때처럼 몸이 떨렸다. 누가 경민의 사진을 판독했을까? 벌떡 일어난 윤주는 숨이 턱에 차도록 자기 방으로 뛰어갔다. 윤주의 모니터는 경민의 모니터와 다르다. 경민이 일반적인 모니터를 쓰는 데 비해 윤주는 하루살이 배에 잡힌 주름조차 큼지막하게 보이는 해상도가 뛰어난 모니터를 쓴다. 컴퓨터를 켜고 경민의 영상을 띄웠다.

두 달쯤 전이었나? 경민이 한강 하구에서 자전거를 타다가 넘어졌다며 절뚝거리고 걸었다. 근처 병원에서 엑스레이를 찍고 치료를 받았다고 했다. 사진을 왜 CD에 담아오지 않았냐고 물었을 때, 경민은 자기가 봤을 때도 별문제 없었다면서 대수롭지 않게 말했다. 그런데 왜 다시 찍었을까? 추적검사? 아니면 통증이 있어서?

윤주는 눈 한 번 깜박이지 않고 경민의 사진을 들여다보았다. 기분 나쁜 사진이었다. 뭔가 있는 것 같다는 느낌은 들지만 뚜렷이 잡히지 않는 사진과 가끔 마주치는데 경민의 사진이 그랬다. 이런 사진은 대부분 예후가 좋지 않았다. FD 환자의 다리를 자르지 못하는 이유가 이것이었나? 놀라움이 가시자 경민이 숨겼다는 사실에 화가 났다.

갑자기 엄마 말이 떠올랐다. 남편을 먹이고 입힐 팔자라고 했던가. 경민과 결혼하면 그렇게 된다는 말인지 누구하고 결혼하든 그렇게 된다는 말인지 새삼 궁금했다. 아주 어렸을 적 기억 속에도 엄마는 정초만 되면 온 가족의 운세를 보러 용하다는 사주쟁이를 찾아다녔다. 지나친 엄마의 믿음에 반감을 느끼면서도 사람에게는 정해진 운명이 있고, 사주팔자가 운명을 해석하는 방정식일지도 모른다는 생각을 은연중 하고 있었다. 언젠가 경민에게 태어난 시간을 물어보았을 때 그는 "사주 보려고? 우리 병원 최고 두뇌 중 한 사람인 윤주 선생이 그런 걸 믿는단 말이야?"라며 피식 웃었다.

경민의 사진을 보는 순간 윤주는 엄마의 사주 타령이 헛된 말이 아닐지도 모른다는 예감이 들었다. 이런 순간에 사주쟁이의 말을 떠올리는 자신이 어처구니없었지만, 경민의 운명을 알고 싶다는 유혹을 떨치기 어려웠다. 특별히 나쁠 게 없다는 말을 들으면 마음이 편해질 테고 큰 변고가 생길 운이라고 해도 미리 아는 게 낫다. 메신저로 경민의 생년월일시를 엄마에게 보냈다. 친구가 사귀는 남자니까 상세하게 봐 달라는 말도 덧붙였다.

윤주는 주치의 허락 없이 환자에게 개별 연락을 하면 안 된다는 것을 알면서도 FD 환자에게 전화해서 MRI를 찍어보자고 말했다. 왜 여자 선생님이 전화하셨는지 환자가 물었다. 윤주는 적당히 얼버무리고 전화를 끊었다.

경민은 외래 진료실에서 FD 환자를 맞았다. 사진 판독 결과 확률이 낮기는 하지만 악성변이 가능성이 있다는 소견을 밝혔다. 종양이 더 커질 수도 있고 전이될 수도 있으니 빨리 수술해야 하고, 만에 하나 다리를 자를 수도 있다는 말도 조심스럽게 했다.

"다리를 자를 수도 있다니! 무슨 그런 엄청난 말을 하십니까? 암은 아니라면서요? 말씀이 너무 앞서가는 거 아닙니까?"

환자는 아주 낮은 확률 때문에 그런 심각한 수술을 받을 생각은 없다고 잘라 말했다. 며칠 전에는 여의사가 전화해서 MRI를 찍자고 하더니만 이제는 다리를 자르자고 하는 거냐며 화를 냈다. MRI를 찍으라고 한 것으로 보아 환자가 말하는 여의사는 윤주일 것이다. 불같이 급한 성격인 줄은 알고 있었다. 그러나 사전에 일언반구도 없이 환자에게 전화하다니….

어떻게 설득하지? 성심을 다하는 길밖에 없었다. '다리 절단'은 만약의 경우일 뿐이며 늦어지면 생명이 위험할 수도 있다고 협박 아닌 협박도 했다. 죽을 수도 있다는 말에 환자의 눈에 공포가 스몄다. 그는 겁에 질린 표정으로 당장 수술하겠다고 말했다. 문제는 빡빡한 수술방 일정이었다. 이 주일 뒤까지 꽉 차 있었다. 취소되는 수술방이 나오면 꼭 내게 달라고 매달린 끝에 겨우 방을 잡을 수 있었다.

경민은 마취된 채 평온하게 누워 있는 FD 환자를 내려다보았다. 환자와 경민과의 거리는 대략 10cm. 결정을 위한 거리치고는 너무 짧았다. 모든 가능성을 열어 두었지만 다리를 자르는 것이 좋겠다는 윤주의 말이 귓전을 맴돌았다. 아무리 생각해 보아도 다리를 잘라내고 보조기를 채우기에는 부담이 너무 컸다. FD가 육종성 변형을 했다는 정확한 근거 없이 수술을 크게 벌리면 심평원에서 무슨 트집이든 잡을 확률이 높다. 치료비 삭감이나 환수를 당할지도 모른다.

열어 보고 결정해도 늦지 않다고 생각하며 메스로 살을 갈랐다. 10cm의 거리가 소멸하는 바로 그 순간 경민은 환자와 운명공동체가 되었다. 근육을 젖히자 환부의 뼈가 드러났다. 종양을 덮고 있는 뼈에 드릴로 구멍을 뚫었다. 종양만 깨끗하게 제거하기 어려운 상태였다. 조심히 잉여 조직을 들어낸 다음 몇 부분을 떼어내 동결절편 검사를 보냈다. 검사 결과를 기다리는 동안 오만 가지 생각이 머리를 스쳤다. 악성이라고 나오면? 악성 가능성과 근치적 수술에 관해 최선을 다해 설명했지만 환자는 종양만 적출하기를 바라고 있다. 악성이라서 다리를 잘라냈는데 환자가 납득하지 못하면? 수술실을 농밀하게 채운 조바심의 시간이 한없이 길게 이어졌다. 삑—삑—삑—삑, 환자 감시 장치의 규칙적인 소리만이 시간이 흐른다는 사실을 알려주었다. 흐르는 시간이 어디에 닿을지, 닿은 곳에 무엇이 있을지 알 수 없었다.

음성이라는 결과가 수술실을 짓누르던 무거운 적요를 무너뜨렸다. 절개 부위를 봉합하고 수술을 끝냈다. 긴장이 풀리며 힘이 쭉 빠졌다. 더 어렵고 힘든 수술을 했을 때도 이렇게 기력이 소진되지는 않았다. 누워서 쉬고 싶었다.

윤주는 초조함을 달래며 경민의 방으로 갔다.

"수술은? 긁어내기만 했어요?"

"다행히 음성이었어. 최대한 꼼꼼하게 긁어냈으니 괜찮을 거야."

"방사선 치료와 항암 치료를 하겠지만 종양이 남아 있으면 재발할 텐데. 차라리 절제하고 인공관절을 심는 게 낫지 않았겠어요?"

"음, 재발 가능성도 없진 않겠지만 아니기를 바라야지. 일단 다리는 살렸어."

자신 없는 목소리로 경민이 말했다.

순간 윤주는 불안이 해무처럼 다가온다고 느꼈다. 수술 자체를 좋아하는 경민이었다. 와이셔츠 단추 구멍에 실을 매달고 쉴 새 없이 타이 연습을 했고, 왼손도 오른손처럼 잘 써야 한다면서 왼손으로 젓가락질을 했다. 손수건을 잘라서 수술 바늘과 봉합사로 오리 인형과 곰 인형을 만들어 준 적도 있었다. 희노애락의 감정을 잘 드러내지 않는 편이지만 그는 늘 자신만만했다. 말은 '그냥'이라고 하면서도 씩 웃으면 수술이 잘 되었다는 의미였다. 그런데 오늘은 웃지 않았다.

회진을 돌 때마다 경민은 FD 환자를 제일 먼저 보러 갔다.

무통주사로 불리는 PCA를 제거하고 이틀이 지났을 때 환자가 고통을 호소했다.

"수술도 잘 되었고, 검사 결과도 음성이었으니 걱정 마세요."

"별일 없겠죠? 그런데 이상하게 통증이 점점 더 심해지는 것 같다니까요."

경민은 진통제 양을 조금 더 늘리라고 지시했다. 수술 후 통증이니 점차 나아지리라 생각하면서도 어쩐지 환자 곁을 시원하게 떠날 수 없었다. 혹시 다른 게 더 있다면? 머릿속으로 수술 과정을 다시 밟아 보았다. 살갗을 찢고, 근육을 젖히고, 뼈에 구멍을 뚫고, 종양을 제거하던 모든 과정을 되새겼다. 완벽했다. 공연한 걱정이겠거니 하고 돌아서는데 갑자기 뒤통수가 서늘했다.

"혹시 이전에 방사선 치료받은 적 있나요?"

"아, 발가락에 흑색종인가 하는 게 있어서 수술하고 방사선 치료를 받았습니다."

"네? 그런 말씀 안 하셨잖아요?"

지금에야 이런 말을 듣다니. 방사선 치료는 육종성 변형의 큰 위험 인자 중 하나다. 회진을 마치자마자 경민은 FD 환자의 차트를 꼼꼼하게 살폈다. 초진부터 지금까지 어디에도 방사선 치료에 대한 환자의 진술은 없었다.

최신 저널을 찾아보았다. 전체 FD의 사 분의 삼을 차지하는 단발골성타입은 육종성 변형 가능성이 아주 드물다고 나와 있었다. 괜찮을 거야. 경민은 자신에게 최면을 걸었다. 이 환자의 경과가 좋으면 자신도 수술대에 누울 생각이었다. 자신의 다리 역시 미룰수록 수술이 커진다는 걸 모르지 않았다. 하지만 제 다리 살리자고 환자 다리가 잘리든 말든 모르는 척할 수는 없는 일이었다.

걱정한다고 해서 걱정이 없어진다면 걱정이 없겠네. 그러니 걱정 마세요. 경민이 좋아하는 티베트 속담이었다. 그래, 걱정하지 말고 최선을 다하는 거야. 괜찮을 거야. 별일 없을 거야. 경민은 마음속으로 낯선 나라 속담을 수없이 되뇌었다.

윤주가 현관 안으로 들어서기도 전에 엄마가 큰 목소리로 물었다.

"친구가 사귄다는 남자 집 부자야?"

"아니 왜?"

"당장 헤어지라고 해. 올해 운세가 엄청 안 좋대. 잘못하면 죽을 수도 있고, 큰 수술을 해야 할 수도 있고…, 하여튼 거의 죽을 운이래."

"내가 먹이고 입히고 하면 되지 뭐. 내가 그럴 팔자라며?"

"뭐? 네가 사귀는 거야? 어쩐지 수상하더라. 바른대로 말해. 뭐 하는 사람이야? 어떤 사이야?"

윤주는 방문을 잠그고 침대에 털썩 누웠다. 엄마가 문을 두드리며 얘기 좀 하자고 했지만 그럴 기분이 아니었다.

"이 남자 올해 운이 도끼가 여린 나무를 찍는 형국이래. 문 좀 열어 봐 윤주야. 얘기 좀 하자니까? 문 좀 열어 어서. 하여간 그 남자 절대 안 돼."

기분 나빴던 경민의 사진이 떠올랐다. 예후가 좋지 않았던 환자들 생각도 났다. 골육종 같은 큰 병에 걸린 것은 아닐까? 악성이라면 다리를 잘라야 할지도 모른다. 경민에게 전화했지만 받지 않았다. 어디예요? 할 말 있어요. 카톡을 보냈다. 물음표가 있는 이모티콘을 보내고, 돌아서서 우는 이모티콘도 보냈다. 경민은 읽지 않았다.

꿈자리가 어지러웠다. 높은 축대 위에 길이 있었다. 축대 아래로 흐르는 개천물은 거울처럼 맑았고 꽤 깊어 보였다. 저 앞에 개천을 내려다보며 사람들이 웅성거리고 있었다. 가까이 다가가서 아래를 보았다. 하얀색 옷을 입은 사람이 바닥에 가라앉아 있었다. 투명한 물속 1m 정도 깊이에 경민이 반듯하게 누워 있었다. 앞뒤 가리지 않고 물속으로 뛰어들었다. 어느새 경민과 함께 길 위에 있었다. 축 늘어진 경민의 입에 숨을 불어 넣고, 하나, 둘, 셋 세며 심폐소생술을 시행했다, 다시 숨을 불어넣고….

가위에 눌려 잠에서 깼다. 온몸이 축축했다. 관자놀이가 쾅쾅 울렸고 뒷머리는 조여들었다. 윤주는 경민이 회진을 돌기 전에 만나러 갈 작정이었지만 일찍 출근하지 못했다. 컴퓨터가 부팅되기를 기다리며 커피부터 마셨다. 블랙을 마시던 평소와 달리 시럽을 듬뿍 넣었다. 입맛이 써서 그런지 단맛은 기분 나쁜 뒷맛만 남겼다. 응급으로 들어오는 판독 요청이 줄을 이었다. 퇴근 무렵에는 눈이 안으로 말려 들어갔고 미간 주위로 바늘로 찌르는 듯한 통증이 일었다. 서둘러 경민의 방으로 갔다. 경민은 한 손으로 이마를 괴고 컴퓨터 앞에 앉아 있었다. 마트료시카 속 마지막 인형처럼 뒷모습이 한없이 작고 쓸쓸해 보였다. 거의 죽을 운이니 올해를 잘 넘겨야 한다던 엄마 말이 떠올랐다.

윤주가 책상을 살짝 두드렸다. 경민이 고개를 들었다. 그의 시선은 윤주 뒤의 출입문을 향하고 있었다. 지독한 무기력함에 정복당한 듯한 헛헛한 눈빛이었다. 그 모습이 너무 자닝스러워 가슴이 찢어질 거 같았다. 윤주는 기분이 어떠냐, 피곤하냐 등의 말은 생략하고 용건만 말하기로 마음을 다잡았다.

"다리 사진 봤어요."

경민은 언제 혹은 어떻게? 라고 묻지 않았고 윤주와 시선을 맞추지도 않았다.

"어쩔 건데요? MRI는 왜 안 찍어요?"

"내 FD 환자는 어쩌고?"

"할 수 없죠. 그 사람이 방사선 치료받은 사실을 미리 말했다면 악성으로 변이될 가능성에 무게를 두고 적절한 치료법을 찾았겠죠. 그건 그 사람 잘못이잖아요."

"의사인 내가 물었어야지. 전이되면 죽을지도 몰라."

"경민 씨 올해 큰 수술할 운이래요. 엄마가 그랬어요."

"운? 그럼 FD 환자는 죽을 운인 의사한테 수술받게 되었으니 완전 죽을 운이라는 거네."

그는 왜 억지를 부릴까? 여느 환자들처럼 자신의 병을 인정하기 싫어서 피하려고 하나?

"모든 게 운명이라면 인간이 노력할 필요가 없잖아."

"그런 말이 아니잖아요."

"인간이 생겨나는 과정은 필연일까? 우연일까? 엄마와 아버지의 유전자가 운명적으로 꼬인 걸까? 아니면 우연히 꼬인 걸까? 누구나 예쁘고, 영리하고, 건강한 아이가 태어나길 바랄 텐데 세 가지를 다 갖춘 인간은 얼마 안 되잖아. 그러니 우연히 염기서열이 그렇게 배열된 거라고 봐야지. 존재 자체가 우연의 산물인데 사주팔자 같은 걸 따른다는 게 말이 돼? 정해진 건 아무것도 없어. 선택이 있을 뿐이야."

"엄마가 그랬어요. 사주팔자를 보는 건 복을 받기 위해서가 아니라 화를 피하고 경계하기 위해서라고요. 물에 빠져 죽을지도 모른다는 예언이 있으면 물가에 안 가면 되잖아요. 필요충분조건

이 모두 충족되면 피하기 어렵지만 둘 중 하나일 경우에는 노력에 따라 피할 수 있댔어요. 일리가 있다고 생각하지 않아요? 허황한 거라면 진작에 사라지지 않았을까요?"

흰옷을 입은 채 물밑에 가라앉아 있던 경민의 모습이 떠오르며 윤주의 팔에 소름이 돋았다.

"어쩌라고? 어쩌자는 건데?"

"선택이 있을 뿐이라면서요? 당장 MRI 찍어요. 작은 수술로 큰 수술을 막을 거예요. 선택도 내가 하고 결정도 내가 해요."

윤주가 경민의 팔을 거칠게 잡아당겼다. 경민은 저항할 새도 없이 윤주의 손에 이끌려 엘리베이터를 탔다. 촬영실로 내려가는 동안 윤주는 한마디도 하지 않았다. 경민은 촬영을 기다리는 내내 선택이라는 단어에 골몰했다. 위이잉 소리와 함께 기계가 돌아갔다.

윤주의 소견으로는 골육종 초기였다. 한쪽 다리가 잘린 경민의 모습은 상상조차 하기 싫었다. 반드시 경민을 설득해야 했다. 수술하지 않겠다고 계속 버티면? 강제로라도 수술실로 끌고 가겠다고 결심했다.

"골육종이에요. 당장 수술해야 해요. 다리를 살리려면 잠시도 미뤄서는 안 돼요."

윤주의 목소리가 떨렸다.

"내가 맡은 환자들은 어쩌고? 나를 그렇게 무책임한 사람으로 본 거야?"

"나는요. 나는 아무것도 아니예요? 내가 원해요. 당장 수술받기를 원한다고요. 그 FD 환자가 자기 자신보다, 그리고 나보다 더 중요해요? 정말 그렇다면 결단코 용서하지 않을 거예요. 내가 교수님께 당장 수술해 달라고 말할 거예요. 수술하고 그 환자는 다른 선생님께 넘겨요."

경민에게 인공호흡을 하던 꿈 장면이 또 떠올랐다. 윤주의 이성이 냉정하게 대처하라고 다그쳤다. 사랑하는 사람이 아니라 환자로만 경민을 대해야 한다. 그래야 그를 살릴 수 있다.

"수술하지 않으면 다시는 나를 보지 못할 거예요."

윤주는 또박또박 한 음절 한 음절 끊어서 분명하게 발음했다. 업어치기로 경민을 패대기치고 싶었지만, 말을 하는 순간 자신도 믿을 수 없을 만큼 침착해졌다. 다리 하나가 없는 경민을 한결같은 마음으로 사랑할 자신이 없었다. 자기 다리를 잃을지 모르는 순간에도 환자 다리만 생각하는 경민을 끝까지 보듬을 자신은 더더욱 없었다.

"지금은 당신 자신만 생각해요. 자기 자신도 못 돌보는 의사가 무슨 의사예요? 내 말을 듣지 않으면 어쩌면 내가 경민씨를 죽일지도 몰라요."

윤주는 그를 버리게 될지도 모른다는 두려움 때문에 더 단호하게 얘기했다.

윤주가 너무 조용하게, 차분하고 침착하게 말했기 때문에 경민은 섬뜩하기까지 했다. 죽음의 얼굴도 지금 윤주의 얼굴처럼 차갑지는 않을 거라는 생각이 들었다. 윤주가 교수님께 말할 것이고, 응급으로 수술방을 잡으리라는 것도 알았다. 그리고 도망갈 수 없다는 것도 알았다. 윤주가 소리를 지르거나, 얼굴을 붉히거나 눈물을 보였다면 오히려 거부하기 쉬웠을 것이다. 야멸차고 쌀쌀한 윤주의 얼굴이 그 어느 때보다 가깝게 느껴졌다.

* * *

경민은 수술장의 형광등이 직사각형으로 배열되어 있다는 사실을 처음 알았다. 천장은 으레 흰색이겠거니 했는데 누워서 보니 연한 푸른색이었다. 어린이 환자들을 위한 것인지 한가운데는 입이 찢어져라 웃고 있는 이름 모를 만화 캐릭터가 붙어 있었다.

주변을 둘러보았다. 평소와 다름없이 수술장은 부산했고 친숙한 얼굴들이 착실히 자기 역할을 수행하고 있었다. 익숙한 공간이었고 익숙한 사람들이었지만 조금도 편안하지 않았다. 어린 시절 소풍 길에서 선생님과 친구들을 놓쳐버렸을 때처럼 외롭고 두려웠다.

마취과 선생님이 밝고 친절한 목소리로 말했다.

"걱정 마세요. 잘 될 겁니다."

경민은 모자와 마스크 사이로 자신을 내려다보는 눈빛들이 낯설었다. 마스크 너머 있을 그들의 얼굴이 기억나지 않았다. 간호사가 낭랑한 목소리로 환자 확인을 시작했다. 저 마스크 아래서 그녀는 웃고 있을까? 혹시 나를 비웃고 있는 건 아닐까? 담요를 덮었는데도 추웠다. 마취과 선생이 거꾸로 내려다보며 손가락을 입안으로 집어넣었다.

"치아 흔들리는 거 없어요?"

경민의 성대는 밖으로 소리를 내보내지 못했다. 내가 깊은 잠에 빠져들면 저들은 내 몸을 보며 무슨 생각을 할까? 윤주는? 내 다리는 어찌 되는 걸까? 마취에서 무사히 깰 수 있을까? 마취에서 깬 후에도 나는 여전히 나로서 존재할까?

수술을 집도할 김 교수가 시작하자고 말했다.

"자, 편하게 열까지 세어 보세요."

마취과 선생의 목소리가 들렸다.

"하나, 둘, 셋….."

소독된 장갑을 낀 김 교수가 양팔을 니은 자로 들고 서서 경민을 내려다보고 있었다. 감정이 담기지 않은 냉정한 눈빛이었다.

그의 손끝에서 경민의 다리까지, 그의 인생에서 경민의 인생까지는 고작 10 Cm밖에 안 되는 거리였다. 그러나 그 짧은 거리가 삶과 죽음의 거리만큼 멀어질 수도 있었다.

김 교수의 모습이 점차 흐릿해졌다. 마취과 선생인 듯도 하고,

윤주인 듯도 했다. 변검을 공연하는 배우의 가면처럼 얼굴이 계속 바뀌었다. 아니, 저건? 내 얼굴인데? 경민은 불안했고 모든 게 의심스러웠다. 다리를 잘라도 좋다는 서약을 했을까? 기억해 내려고 애쓰는 속도보다 훨씬 빠르게 의식이 가물가물해졌다.

"걱정 마세요." 희미한 목소리가 들렸다. 자신의 목소리 같기도 했고 알지 못하는 다른 누군가의 목소리 같기도 했다.

(『문학나무』 2020년 겨울호)

선線

태식이 비탈 아래로 굴러떨어진 건 여자와 산을 오르기 시작한 지 30분가량 지났을 때였다. 물 마른 계곡엔 갈잎만 수북이 쌓여 있었다. 태식은 공벌레처럼 몸을 동그랗게 말고 가만히 있었다.

　―제발 부탁이야, 그만해, 그만하라고.

　태식이 애원해 보았지만 소용이 없었다.

　―누가 이기나 해 보자고. 이번만큼은 절대로 지지 않을 거야.

　헤아릴 수 없이 많은 세포가 동시에 내지르는 아우성이 벌집을 들쑤신 것 마냥 우웅 울렸다. 끊임없이 태식에게 시비를 걸다가 마침내 태식을 바닥으로 내동댕이친 건 다름 아닌 태식의 몸이었다.

　"태식 씨 괜찮아요?"

　여자가 비탈을 내려오는지 낙엽 밟히는 소리가 바작바작 났다.

태식은 죽은 듯 꼼짝도 하지 않고 침묵을 지켰다. 차마 입이 떨어지지 않았다. "자지가 섰소"라고 근엄하게 말할 수도 없고, 남성의 뿌리라느니 남자의 상징이라느니 하는 말로 에둘러 표현하는 것도 우스운 일이었다. 참으로 난감했다. 산에 오르기 전부터 태식의 성기는 우뚝 서 있었다. 그녀의 손을 잡고 산을 오르리라는 기대가 여지없이 무너져 화가 났다. 바지 주머니에 손을 넣어서 딱딱해진 페니스를 꽉 잡고 걷는 거 외에 다른 방도가 없었다.

낙엽 진 비탈에 처박혀 있는 동안에도 발기 상태는 유지되었다. 쾌락이 문제가 아니었다. 너무 아파서 견딜 수가 없었다. 어떻게 이런 일이 일어난 걸까. 다친 데 없느냐고 묻는 여자의 목소리에 다급함이 묻어났지만, 태식은 꿀 먹은 벙어리처럼 입을 꾹 다문 채 잠자코 있었다. 자신의 몸을 자신의 의지로 제어할 수 없다는 사실을 수긍하기 어려웠다. 어쩌자고 몸이란 녀석이, 엄밀히 말하자면 자지가 이다지도 제멋대로 구는 것일까? 고등학교 삼학년 때 새벽마다 불끈 서 있는 물건이 거추장스러워서 확 잘라버릴까 생각한 적도 있었다. 공부해야 하는데 어쩌란 말이야 싶어서 짜증이 났다. 그때는 활발한 생명 현상이라고 이해했으나 오십이 지난 지금은 마땅한 이유를 찾기 어려웠다. 몸의 반역이라는 말 외에는 설명할 방법이 없었다. 그녀만 보면, 아니 생각만 해도 머리를 쳐드는 녀석 때문에 미치고 팔짝 뛸 노릇이었다. 일상에 지장을 받을 정도였다.

─미친 거 아냐? 제발 빨리 죽어.

몸에게 아니 자지에게 다시 한번 애원했다. 소용이 없었다. 태식을 골탕 먹이기로 작정이라도 한 양 더욱더 단단해졌다. 창피하기도 하고, 화도 나고, 아프기도 해서 몸이 공중분해라도 되었으면 싶었다. 육체의 통증보다 이성의 지배를 받지 않으려는 본능 때문에 더 화가 났다. 통증의 강도가 강해지는데도 피는 모두 그곳으로만 몰렸다.

태식은 돌연사한 친구의 장례식장에서 그녀를 처음 보았다. 갑작스러운 비보에 하던 일을 멈추고 달려갔을 때는 아직 빈소가 차려지기도 전이었다. 망연자실해서 복도에 있는 소파에 털썩 주저앉았다. 바로 그때 또각또각 바닥을 때리는 구둣발 소리와 함께 성마른 걸음으로 급히 다가오는 여자가 있었다. 친구의 아내도 아니고 누이도 아니며 직원도 아니었다. 그녀는 당혹과 공포가 뒤섞인 눈빛으로 사방을 두리번거렸다. 태식은 여자에게 무슨 말이든 해야 할 거 같았다.

"아직 빈소가 차려지지 않았으니 여기 앉아서 잠시 기다리시죠."

태식의 말을 못 들은 것처럼 여자가 빈소를 기웃거렸다. 텅 빈 빈소에서 돌아선 여자가 엉덩이를 소파 끝에 걸치고 엉거주춤한 자세로 앉았다. 태식은 여자가 어떻게 이렇게 빨리 올 수 있었는지 의아했다. 잠시 뒤에 빈소가 차려지고 고인의 이름과 상주의 이름이 벽에 붙었다. 상주는 아직 오지 않았다. 상주 없는 빈소에 제일 먼저 국화꽃을 놓은 사람은 태식이었고 여자가 태식의 뒤를 이었다. 얌전하게 절하는 여자를 훔쳐보는 태식의 심장이 빨리 뛰었다. 비보에 놀라서 달려올 때와는 다른 두근거림이었다.

조문한 이후에도 그녀는 돌아가지 않았다. 밤을 새울 모양이었다. 접객실 모퉁이에 쪼그리고 누운 그녀에게 친구 회사의 남자 직원이 점퍼를 벗어서 덮어 주었다. 직원들 모두 그녀를 잘 안다는 느낌이 들었다. 태식에게 친구의 죽음을 전한 사람은 친구의 비서였다. 사무실 천장에 있는 완강기에 목을 매 자살했다는 말을 들었을 때 숨이 멎을 만큼 놀랐다. 도무지 연유를 알 수 없었기 때문이다. 공식적인 사망원인은 심장마비였다.

관이 영구차에 실릴 때 그녀는 연도에 서서 울었다. 화장장에서도 자리를 뜨지 않았고, 추모관에서 마지막 인사를 할 때도 직원들 사이에 섞여 절을 했다. 태식은 여자와 친구가 깊은 관계였음이 틀림없다고 확신했다. 연인이었나? 그러나 아무리 생각해 보아도 외도할 녀석은 아니었다. 도대체 두 사람은 무슨 관계였을까? 추모관에 유골을 안치하고 주차장까지 내려가는 동안 그녀 곁에 서서 걸었다.

"차를 가지고 오시지 않았다면 제가 모셔다드리겠습니다."

그녀가 장례 기관에서 제공한 버스를 타고 왔다는 사실을 태식은 이미 알고 있었다. 감정이 모두 사라진 얼굴로 태식의 차에 오른 그녀는 목적지를 말하고 이내 잠이 들었다. 이틀 밤을 꼬박 새우다시피 했으니 잠이 쏟아지겠지. 목적지에 도착했을 때 도시는 이미 어둠에 잠겨 있었다. 잠에서 깬 그녀가 대로변에서 내려 달라고 말했다.

"저, 명함 있으면 한 장 주십시오."

가방을 뒤적이던 여자가 무심한 표정으로 명함을 건넸다. 명함에는 펜으로 그린 여자의 얼굴 옆에 이름과 전화번호 이메일 주소만 적혀 있었다. 직업이나 직장을 유추할 근거가 전혀 없었다. 고맙다거나 잘 가라거나 하는 인사말 한마디 건네지 않고 여자가 멀어져 갔다.

삼우제 날 오전에 태식은 여자에게 전화했다. 다짜고짜 추모관에 갈 예정이니 함께 가지 않겠느냐고 물었다. 여자는 그런 제안을 할 사람이 태식밖에 없다는 듯 누구냐고 묻지 않았다. 짧은 침묵이 흐른 후 가겠다고 말했다.

"지난번 내려드렸던 곳에서 기다리겠습니다."

추모관으로 가는 내내 그녀는 말이 없었다. 태식도 울적한 기분이 들어 말문이 쉬이 열리지 않았다. 자신의 행동을 이해할 수 없었다. 그녀를 보기 위함인가, 친구를 보기 위함인가. 자문해 보았지만 스스로도 알 수 없었다.

유골함 앞에는 손때 묻은 시집과 하모니카와 가족사진이 놓여 있었다. 해맑게 웃고 있는 아이들 모습에 가슴이 저렸다.

"할 말 있으면 다 하세요."

태식은 무뚝뚝하게 말한 뒤 자리를 비켜 주었다. 친구와 대면하는 그녀의 모습을 지켜볼 자신이 없었다. 십 분 정도 지나서 그녀가 나왔다. 오래오래 애달픈 사연을 나눌 줄 알았는데 의외였다. 눈물의 흔적은 남아 있었으나 표정은 담담했다. 태식은 어쩐지 멋쩍어서 뒷머리를 긁었다. 곧바로 도시로 들어가기에는 뭔가 마땅찮았다. 그녀가 마음을 가라앉힐 시간이 필요할 거 같았다. 발길을 산 쪽으로 돌렸다. 그녀가 말없이 태식의 뒤를 따랐다.

원래 묘지였던 곳에 추모관이라는 이름의 납골당을 새로 지은 모양이었다. 산등성이까지 온통 무덤이었다. 얼핏 보아도 수천 기가 넘을 거 같았다. 귀퉁이가 깨져 나간 채 비스듬히 기울어진 돌이 비석 본래의 모습을 잃고 서 있었다. 희미하게 보이는 글자는 一八九八年. 백 년 하고도 이십 년이 더 지났으니 후손의 발길이 완전히 끊겼다고 해도 이상할 게 없었다. 장례란 산 자들을 위한 향연이라는 깨달음을 마모된 비석에서 얻었다. 죽은 자에게 형식이 무슨 소용이 있으랴. 한 줌 흙이 되었는지 한 줌 재가 되었는지 죽은 자가 알 방법이 없지 않은가.

세대를 넘나드는 주검이 자리하고 있는 이 장소가 이상하게 친근하게 느껴졌다. 천만 명이 어깨를 부딪치며 살아가는 서울이라는 복잡한 공간에서 한 남자가 세상과 이별했다고 해서 달라지는 게 있을까? 누가 타인의 죽음에 관심을 가질까? 가난한 집안을 일으켜야 한다는 사명감을 어깨에 짊어지고 잠시도 쉬지 않고 일했던 친구. 자기 자신을 위해서는 어떤 쾌락도 추구하지 않았던 친구의 모습이 이 시대 남자들의 슬픈 자화상 같았다. 삶을 즐기던 모습이 기억난다면 이리 슬프지 않을 텐데…. 그러고 보니 태식도 마음속 깊은 이야기는 누구에게도 하지 못하고 살았다. 남자는 눈물을 보이면 안 되고 감상에 젖어서도 안 된다고 배우며 자란 탓이다.

무덤 사이를 지나는 동안 태식은 죽음과 자신과 친구에 대해 생각하느라 그녀가 곁에 있다는 사실을 잠시 잊었다. 사방에 널린 봉분 하나하나마다 각각의 사연이 있을 터였다. 묘지가 끝나는 곳에 홀로 우뚝 솟아있는 추모관 건물은 경건하면서도 정겨운 느낌을 주는 아담한 봉분들과 어울리지 않았다.

고개를 돌려 그녀를 보았다. 햇살 탓인지 그녀의 얼굴이 조금 밝아진 거 같았다. 생을 다하는 순간까지 그녀가 친구의 흔적을 지우지 못하리라는 예감이 들었다. 그 사실을 깨닫는 순간 몸에 힘이 빠지며 다리가 후들거렸다. 바람에 실려 오는 그녀의 체취는 이성을 마비시킬 만큼 묘한 향기를 지니고 있었다. 몸이 먼저 알아채고 꿈틀거렸다. 주검의 흔적이 겹겹이 쌓인 묘지에서 슬퍼서 더 아름다운 여인을 태식의 몸이 원하고 있었다. 이런 곳에서 이런 순간에 여인을 품고 싶어 하다니! 제정신인가? 태식은 어이가 없어서 헛웃음이 나왔다.

실소하면서도 태식의 눈은 앉을만한 자리를 찾고 있었다. 얼마 떨어지지 않은 곳에 잘 가꾸어 놓은 무덤이 보였다. 수령이 꽤 되어 보이는 황금편백이 봉분을 둥그렇게 둘러싸고 있고 상석 앞의 잔디도 잘 다듬어져 있었다. 태식은 무심을 가장하며 봉분 앞으로 갔다. 코트를 벗어서 바닥에 펼쳐 놓고 잠시 쉬어가자고 말하며 펼쳐 놓은 옷 위를 가리켰다. 여자는 태식과 시선을 맞추지 않고 얌전히 앉았다. 한낮이라지만 11월의 바람은 제법 차가웠다. 여자의 처연한 눈빛이 태식의 가슴을 아프게 꿰뚫고 지나갔다.

그녀가 하루라도 빨리 슬픔에서 벗어나기를 진심으로 바랐다. 친구와 그녀의 관계를 모른다는 사실은 중요하지 않았다. 어색함을 달래기 위해 스마트폰을 만지작거리던 태식이 음악 폴더를 열었다. 조수미가 부른 '기차는 8시에 떠나네'가 제일 위에 있었다. 곱고 청아하지만 슬픈 조수미의 목소리가 상실의 아픔을 겪는 여인이나 묘지와 잘 어울릴 거 같았다. 검지로 제목을 눌렀다. 기차는 8시에 떠나가네, 11월은 내게 영원히 기억 속에 남으리. 가사를 정확하게 기억하지 못했는데 일부러 선택한 양 11월이 영원히 기억에 남을 거라고 노래하고 있었다. 함께 나눈 시간들은 밀물처럼 멀어지고 이제는 밤이 되어도 당신은 오지 못하리. 당신은 영원히 오지 못하리. 저세상으로 간 친구는 영원히 오지 못할 것이다. 그녀만 이곳에 다시 오게 되겠지.

"요조숙녀가 되고 싶었나 봐요."

뜬금없는 그녀의 말에 태식은 대꾸할 말을 찾지 못했다

"자기가 선 그 자리에서 그 사람이 행복하기를 바랐어요."

행복하기를 바랐다니? 행복하게 해 주지 못했어요. 그래서 울고 있어요, 라고 말할 줄 알았다. 도대체 둘은 어떤 관계였을까. 그녀의 망연한 눈빛이 하늘 끝 어딘가에 가 있다. 친구보다 어려 보인다는 느낌 뿐, 몇 살인지, 무슨 일을 하며 사는지, 친구와 어떤 사이였는지, 결혼은 했는지, 아이는 있는지, 아는 게 없다. 모든 게 궁금했다. 물어보고 싶지만, 묘지라는 장소가 주는 숙연함이 호기심을 억눌렀다.

추모관에서 돌아온 이후 태식은 처음으로 남자의 삶에 대해 생각했다. 수컷이라 불리는 동물의 참된 삶은 수억 단위의 정자를 매일 생산해서 상대에 상관없이 여기저기 흩뿌리는 거라고 한다.

태식이라고 아내 아닌 여자에게 마음을 뺏긴 적이 없었겠는가. 세어보진 않았으나 열 손가락으로 셀 수 없을 정도로 많았다. 그럼에도 불구하고 칭찬이나 예의를 갖춘 말로 호감을 전달하는 정도에 그칠 수 있었던 건 이성이 있기 때문이었다. 그런데 이번에는 이성이 힘을 발휘하지 못했다. 그녀를 만나면 몸이 제멋대로 꿈틀거리며 이성을 비웃었다.

태식의 몸이 마음을 불러들였다. 육신이 일으킨 파동이 감성을 건드렸고, 마침내 청춘 시절보다 더 설레고 그리운 감정에 사로잡히고 말았다. 눈을 뜨는 순간부터 잠들기 전까지, 꿈속에서조차 그녀가 나타났다. 사랑이 떠나가면 그냥 두시게 마음이 떠나면 몸도 가야 하네. 가황이라 불리는 가수의 노랫말과는 반대되는 현상이었다.

그녀를 만나기 전까지 태식에게는 노후를 어떻게 보낼지, 전원생활을 할지 말지, 반드시 오고야 말 죽음을 어떤 방식으로 맞이할지, 얼마 안 되는 재산을 자식들에게 사전 증여하는 게 좋을지 등의 소박한 고민만 있었다. 일에서 성공을 거두었고 중산층으로서 안락한 생활을 누리며 살았다. 학창 시절 사귀던 여자도 여러 명 있었고 아내와도 오랜 기간 교제 후 결혼했다. 매번 사랑이라고 생각했지만 지금 느끼는 감정과는 확연히 달랐다.

태식이 아는 한 친구는 연애 경험 없이 처음 맞선 본 여자와 결혼했다. 룸살롱에 가더라도 일찍 자리를 떠났고 술에 취해 나누는 음담패설에도 끼어들지 않았다. 그랬던 친구의 마지막 길을 지킨 아름다운 여자가 있었다. 두 사람의 관계가 궁금해서 견딜 수 없었다. 몸의 속삭임을 무시하기 위해 이성이 만들어낸 핑계는 다름 아닌 의구심이었다. 나는 그냥 두 사람의 관계가 궁금할 뿐이야. 의구심이 부여한 당위성에 기대어 그녀에게 메시지를 보냈다.

생맥주 한잔하지 않겠소?

긴 설렘과 달리 짧은 문자였다. 태식은 스마트폰을 손에 쥐고 매시간 메시지 함을 확인했다. 오후 4시가 넘어서야 좋아요, 라는 더 짧은 회신이 왔다. 어디서 만날지 미리 생각해 두었기 때문에 망설이지 않고 약도를 보냈다.

술을 마시는 동안 태식은 여자의 표정에 모든 신경을 곤두세웠다. 미세하게 움직이는 눈언저리의 변화가 포착된다. 눈웃음도 아닌 근육의 움직임에 안도한다. 그녀가 매일 울고 있을 거라고 믿기 때문이다. 그녀가 울지 않고 일상을 영위할 수 있는 시간을 앞당기고 싶다는 욕망이 용암처럼 솟구쳐 올랐다. 그녀가 울지 않을 수 있다면 무슨 일이든 하고 싶었다. 한 번만 손을 잡아주면, 한 번만 꼭 껴안고 등을 다독여주면, 한 번만 입 맞춰 주면, 한 번만 안아 주면 영원히 울지 않을지도 모르지 않는가. 그녀가 빠르게 술잔을 비운다. 몇 잔 마시지도 않았는데 태식은 벌써 취했다. 친구의 부재와 상관없이 세상은 잘 굴러갈 것이다. 살아남은 자는 생명을 이어가야 한다. 죽음의 여신이 새로운 희생자를 원한다고 하더라도 따라 죽으면 안 된다…. 횡설수설한다. 혀가 꼬여 발음이 분명하지 않다. 에이 창피하게, 내가 왜 이러지?

"그만 집에 갑시다."

서둘러 계산을 한다. 먼저 나가버린 그녀가 지하철역을 향해 가고 있다. 홀로 걸어가는 그녀의 어깨가 너무 작지 않은가? 비틀거리며 잰걸음으로 다가가 그녀의 손을 조심스럽게 잡는다.

"그 사람은 내 손을 잡은 적이 없었는데…."

"나는 잡을 거요."

친구는 적어도 이 여인에게 육체적으론 무심했던 것 같다. 아니면 태식보다 더 이성적이었거나. 그녀가 잡힌 손을 빼지 않아서 다행이라 여기며 코트 주머니 속에 넣는다. 인간의 체온이 이다지도 감동을 줄 수 있나. 태식은 미세하게 변하는 그녀의 체온에 온 정신을 모은다. 걸음걸이가 변하면 손으로 전달되는 체온도 동시에 변한다. 분명한 건 시간이 흐를수록 그녀의 손이 점점 따뜻해진다는 사실이다. 침울했던 친구의 모습을 떠올리다가 행여 그녀의 체온을 잃어버릴세라 손가락으로 그녀의 손바닥을 더듬는다. 손을 잡고 걷는 이 행위조차도 태식이 원하는 만큼 계속할 수가 없다. 개찰구 앞에서 아쉬워하며 손을 놓고 그녀를 보낸다. 그녀는 눈길 한 번 주지 않고 계단을 내려간다.

태식은 죽음이 아니라 새로운 생이 자신을 기다리고 있는 거 같았다. 언제쯤 사업을 정리하나, 누구에게 물려주나, 고민했던 자신이 우습게 느껴졌다. 은퇴나 전원생활의 꿈은 사라지고 더 오래 더 열심히 일하기로 했다. 피가 온몸을 활기차게 돈다고 느낀 건 건조하고 각질이 많은 피부가 부드러운 분홍색으로 변했기 때문이다. 세포 하나하나가 이제 막 태어난 듯했다. 우주인처럼 공중을 둥둥 떠다니는 기분이었다. 만나는 사람들이 모두 연애하는 거 아니냐고 물었다. 목소리마저 젊어졌다며 회춘한 모양이라고 놀리기까지 했다.

사할린으로 놀러 오라는 초등학교 동창의 전화를 받는 순간, 태식은 그녀를 떠올렸다. 흰색 이외에 다른 색은 없는 완전한 설국으로 여행을 오란다. 지난여름에는 헬리콥터를 타고 사냥하는 재미가 끝내준다며 꼬드기더니만. 태식은 재미를 위해 생명을 죽이기 싫었다.

사할린으로 간 지 이십 년이 된 그는 개미굴처럼 복닥거리는 서울이 싫다고 했다. 업무차 서울에 오면 볼일만 보고 얼른 돌아갔다. 수산업과 무역업을 하다가 한국식 아파트를 지어 큰돈을 벌었다고 한다. 상가와 정원과 어린이 놀이터가 있는 아파트 단지를 사할린에 처음 조성했는데 주차공간도 분양한다는 말에 태식은 깜짝 놀랐다. 일 세대 일 주차공간이 아니라 추가로 돈을 내야 한다는 거다. 지하 3층까지 주차장을 지어서 입주민에게 팔고 남은 자리는 동네 사람에게 판다고 했다. 겨울에는 매일 눈이 오니 지하 주차장 수요가 높단다. 꿩 먹고 알 먹는다더니. 봉이 김선달이 따로 없었다. 사할린에서 생산되는 건축 자재가 없어서 모두 한국산을 썼다. 몇몇 업자를 소개해 주었더니 은혜를 갚아야 한다면서 보채다시피 계속 전화했다. 자신의 성취를 자랑하고 싶은 건지도 몰랐다.

온 세상이 얼어붙은 곳, 끊임없이 눈이 내리는 곳, 흰색만 남기고 나머지 색이 모두 사라진 곳. 그런 곳에서라면 일상에서 벗어나도 되지 않을까. 내 발자국은 자취 없이 지워질 테고, 길은 언제나 새로워질 테니까.

"여자를 데리고 가도 돼?"

"되고말고. 펜트하우스 비워 줄게. 술도 음식도 채워 놓고."

녀석은 놀라지도 않았고 놀리지도 않았다.

문제는 그녀였다. 그녀는 누구의 시선도 의식하지 않고 예와 의를 다해 친구가 가는 길을 끝까지 지켰다. 비겁하거나 소심한 사람이라면 결코 할 수 없는 행동이었다. 주위에서 흔히 볼 수 있는 평범한 여자가 아니었다. 품위와 용기를 겸비한 아름다운 사람이었다. 내면이 강한 사람만이 그런 처신을 할 수 있다. 그러나 한편으로는 하나만 건드려도 전체가 쓰러지는 도미노처럼 위태로워 보였다.

그녀는 태식의 얼굴을 정면으로 바라본 적이 없었다. 언제나 태식의 어깨 너머에 시선을 두었다. 시선 한 번 마주쳐 주지 않는 그녀라서 더 애달팠다. 반드시 함께 가고 싶었다. 그녀를 감싸고 있는 비탄의 음울한 그림자를 벗겨내고 싶었다. 어떻게 데리고 가지?

곧 착륙할 예정이니 안전벨트를 매라는 기내방송이 나왔다. 새하얀 입자가 창을 가렸다. 영원히 구름 속에 갇히는 건 아닌가 싶을 만큼 운층은 두터웠다. 구름의 장막 아래로 내려오자 밝게 빛나는 새하얀 세상이 나타났다. 나무도 숲도 건물도 보이지 않았다. 흰색 외에 다른 색은 없다던 동창의 말은 참이었다.

비행기에서 내리자 눈이 내리기 시작했다. 하얀 꿀벌이 떼지어 날아오듯 흐벅진 눈송이가 쏟아져 내렸다. 기세를 더해가는 눈발 덕분에 허공이라는 단어는 의미를 잃었다. 작은 여백도 용납하지 않으려는 듯 조밀하게 내리는 눈이 무색 캔버스를 흰색으로 채웠다. 한낮에도 자동차의 전조등을 켜야 하는 이곳은 북위 46도에 있는 유즈노사할린스크다. 일 년의 반이 겨울이고, 겨우내 눈이 내리며, 바다조차 꽝꽝 얼어붙는 곳. 동토의 왕국이라는 말이 딱 어울리는 그런 곳이다. 온통 흰색뿐이라 그야말로 설국 그 자체였다. 순백의 세상처럼 마음이 하얘진다면 어떤 그림이라도 다시 그릴 수 있지 않을까.

"서울의 사 분의 일 만한데 인구는 이십만 명입니다. 서울이 여기보다 13배나 밀도가 높죠. 서울에 가면 정신이 없어요. 그런데 저기, 이름이 뭔지 물어봐도 됩니까?"

동창 녀석이 룸미러를 흘깃거리며 그녀에게 물었다.

"나타샤라고 불러주세요."

그녀가 담담한 목소리로 대답했다. 태식은 혹시라도 그녀가 불쾌하게 여기지 않을까 신경이 쓰였는데 다행이었다. 그녀가 순순히 사할린 여행을 허락해서 놀랐고, 처음 만나는 사람의 질문에 망설이지 않고 대답해서 또 놀랐다.

"세례명인가요? 그런 세례명도 있습니까?"

"가난한 내가 아름다운 나타샤를 사랑해서 오늘 밤은 푹푹 눈이 내린다, 뭐 이런 시는 있죠. 눈이 푹푹 내리니 나타샤가 될 수밖에요."

그래서 그녀는 나타샤가 되었다. 속도계의 바늘이 50㎞에 가 있다.

"눈 덮인 길을 이리 빨리 달려도 되나?"

"사륜구동이야, 우리는 늘 이렇게 달려."

녀석은 심상하게 대꾸했을 뿐 속도를 줄이지 않았다.

숙소에는 김치찌개와 삼겹살, 쌈 채소가 준비되어 있었다. 4도부터 9도까지 알코올 도수가 다양한 맥주와 보드카, 캐비어와 말린 청어도 있었다. 찜질방만큼은 아니었으나 대리석 바닥은 따끈따끈했고 반소매 옷만 입어도 될 정도로 더웠다.

"석유와 천연가스 생산지라서 난방을 팍팍 하는데 내가 처음으로 바닥 난방을 도입했어. 인기 짱이야."

친구가 자랑 겸 늘어놓는 무용담을 들으며 술을 마셨다. 맥주에 보드카를 말아서 마시니 술술 넘어갔다. 그녀는 거의 말을 하지 않았다. 정신을 저당잡히고 온 사람처럼 묵묵히 술만 마셨다.

"도브라 노츠!"

러시아 말로 밤 인사를 한 녀석이 의미심장한 눈빛을 남기고 현관을 나섰다. 인류 역사는 도전과 응전의 역사라고 했던가? 사랑의 정석도 도전과 응전 아닐까. 그런데 나는 그녀를 사랑하나? 태식은 무조건 도전하기로 했다. 죽어버린 친구의 모습을 영원히 지우지 못할 그녀의 입술에 키스했다. 태식은 자신의 행동이 너무 자연스러워서 놀랐다. 그녀의 입술 위에 자신의 입술이 포개져 있다는 사실을 깨닫지 못할 정도였다. 그녀는 눈을 감은 채 가만히 있었으나 몸은 딱딱하게 굳어 있었다. 물러나야 한다고 태식의 이성이 속삭였다. 잠시 멈칫했으나 몸이 이성을 물리쳤다. 수많은 더듬이를 곤두세운 채 탐색을 시작했다. 경직된 외부와 달리 그녀의 내면은 따뜻하고 편안했다.

─너의 여인이야. 꼭 찾아내야 했을 오직 하나뿐인 너의 사람.

여섯 번째 감각이 바로 그 여인이라고 알려 주었다.

─처음부터 네 거였어.

몸의 속삭임을 들으며 태식은 두 몸을 최대한 밀착시켰다. 귀두에 와 닿는 너무나 부드러운 그녀의 속살. 심장은 사람의 의지에 따라 뛰지 않는다. 혼자 알아서 뛴다. 이런 근육을 불수의근이라고 한다. 태식의 몸이 불수의적으로 움직였다. 그녀의 몸도 그런 거 같았다. 태식을 보지 않으려는 듯 꼭 감은 눈과 달리 그녀의 몸은 완벽하게 태식의 몸과 운율을 맞추었다. 다양한 파동으로 물결치던 그녀의 질이 점점 강력하게 조여들었다. 태식의 몸이 환희에 차 내달렸다. 의식이 아득해지는 걸 느꼈다. 죽음이 목전에 닥친 듯 단말마의 비명을 지르며 아랫배에 불끈 힘을 주었다. 한 번 더, 한 번 더, 마지막 순간까지 계속 버텼다. 정말이지 곧 숨이 멎을 것만 같은 황홀함이 태식을 덮쳤고 온몸이 부르르 떨렸다. 단 한 번도 느껴보지 못했던 열락과 함께 태식은 장렬하게 전사했다.

습관처럼 수건으로 받치고 조심스럽게 페니스를 빼냈지만 흘러내리는 게 없었다. 아내를 비롯한 여자들은 늘 침대 바닥에 수건을 깔았다. 신기하다고 생각하며 몸을 떼는 순간 그녀가 엎드렸다.

"왜?"

당황한 태식이 그녀의 얼굴을 보기 위해 어깨를 돌리려 했으나 그녀는 완강하게 엎드린 자세를 유지했다.

"울어요?"

태식의 물음에 그녀는 아무 대답도 하지 않았다.

사할린에서 돌아온 이후에 그녀는 태식의 전화를 받지 않았다. 선선히 여행을 떠날 때도, 선선히 몸을 섞을 때도 석연치 않은 구석이 없었던 건 아니지만 그녀의 마음을 읽을 방법이 없어서 애가 탔다.

―이제 너의 일부였던 조각을 찾았잖아, 어쩔 거야?

몸이 물었다.

―이 빠진 동그라미는 어렵게 찾은 자신의 일부를 길가에 놓아
둔 채 다시 이가 빠진 동그라미가 되어 굴러갔다지?

―안 돼, 그러면 안 돼.

몸이 결연히 소리쳤다. 태식이 아무리 달래도 소용이 없었다.
다투는 동안조차 온몸이 뜨거워졌다. 마법 같은 일이었다. 아니,
마법 그 자체였다.

태식은 몸이 가진 자율성을 제어할 방법이 없었다. 몸에 대한
통제력을 완전히 상실한 지금, 관념으로는 육체를 속박할 수 없
다는 사실을 인정해야만 했다. 몸이 가진 감성이 완전하다면 문
제는 그 감성에 승복하지 않으려는 이성에게 있을 터였다. 아니
나 다를까 이성은 감성의 선택에 강력히 반발했다. 그녀 생각으
로 가득 찬 머리를 이고 집으로 돌아가면 초저녁잠이 많은 아내
는 이미 잠들어 있었다. 잠든 아내의 얼굴을 물끄러미 바라보고
있자니 양심의 가책이 물밀듯 밀려왔다. 아내는 왜 벌써 성생활
을 할 수 없는 여자가 되었단 말인가. 그녀에 대한 갈망과 아내에
대한 자책이 뒤섞여 괴로웠다. 그런데 갈등하는 그 순간에도 그
녀에 대한 상념이 끼어들었다.

태식은 결코 바람둥이가 아니었다. 그렇다고 해서 죽은 친구
처럼 룸살롱에서 2차를 나가는 일을 금기시하지도 않았다. 몇몇
룸살롱에 태식의 단골 아가씨가 있었다. 그런데 여자는 그들 모
두와 달랐다. 만족한 성생활을 위한 온갖 조언들이 한낱 헛소리

에 불과했나? 커뮤니케이션이 중요하네, 전희가 중요하네 하는 말들 말이다. 꼭 맞는 몸을 만나니 아무것도 필요하지 않았다. 시선 한 번 마주쳐 주지 않는 여자였다. 그런 여자에게 태식의 몸이 완전히 굴복했다. 도덕이나 윤리, 이성 같은 온갖 무기는 소용이 없었다.

철썩 소리에 눈을 떴다. 신문이 오는 소리였다. 소파에 쪼그리고 누워서 선잠이 들었던 모양이었다. 커피를 마시고 옷을 갈아 입었다. 아내가 아침도 안 먹고 나가느냐고 잔소리를 했지만 태식은 밥 먹을 기분이 아니었다. 식욕도 없었다. 바쁜 일이 있다며 서둘러 현관문을 열고 밖으로 나갔다. 도로 위에는 농밀한 갈망만이 아지랑이처럼 자욱하게 깔려 있었다. 어차피 사라질 육신 아닌가? 감성을 억압해 이루려는 게 무언가? 자동차의 속도를 높이며 난폭하게 달렸다. 비탈진 언덕에 차를 처박고 싶기도 했고, 다리 아래 강물로 추락하고 싶기도 했다.

아무도 출근하지 않은 사무실에 홀로 앉아 있으니 오히려 마음이 편했다. 도시가 어둠에서 깨어나고 있었다. 그녀는 잘 잤을까? 스마트폰을 꺼내 들었다. '점심 같이 할까요?' 그녀가 과연 나와 점심을 먹을까? 지웠다. '나는 잘 자지 못했소. 밤새 어지러운 꿈에 시달렸다오. 잘 잤나요?' 전송을 눌렀다. 그녀는 저녁이 될 때까지 읽지 않았다. 오늘 밤도 긴 밤이 될 것 같았다. 태식은 아내에게 저녁을 먹고 간다는 카톡을 보내고 혼자 사무실에 앉아 있었다. 직원들이 인사를 하고 하나둘 퇴근했다. 어디로 가야 할지 알 수 없었다.

그녀의 웃는 얼굴을 보고 싶었다. 진심으로 웃게 해 주고 싶었다. 사할린에서 그녀와 함께 지낼 생각으로 할 일을 찾아보기도 하고 집 시세도 알아보았다. 그녀와 사는 작은 집엔 방문 같은 건 없어도 좋다고 생각했다. 그래야 어디서나 그녀를 볼 수 있을 테니까. 그러면서도 아내를 배신한 건 아니라고 믿었다. 아내를 사랑하는 마음에는 변화가 없었다. 돈도 아내에게 맡겼고 인간관계도 사회생활도 모두 아내가 주관했다.

태식은 그녀를 잊기로 했다. 그녀 없이도 잘 살 수 있다며 자신을 타일렀다. 하루 이틀 시간이 흘렀다. 몸이 미쳐서 날뛰기 시작했다. 예전에는 지하철역 두 정거장 거리에 이르러서야 전투태세를 갖추었다. 지금은 생각만 해도 자지가 벌떡 일어섰다. 하루에도 몇 번씩 심장이 빨리 뛰었다. 운전대를 잡은 손도 그녀를 향해 차를 몰았고, 발걸음도 그녀를 향해 태식을 이끌었다. 정신을 차리고 보면 어느새 그녀를 내려주었던 거리에 와 있었다.

잠들지 못하는 긴 밤, 너와 나의 사랑은 쉼표도 마침표도 없다. 잡념을 떨치려고 잡은 책에서 이 시구를 읽는 순간 어쩌면 이렇게 내 마음과 같을까 싶어서 눈물이 났다. 사무실 문을 잠갔다. 다 버리고 그녀와 도망이라도 가고 싶은 게 내 마음인가? 아무것도 버리지 않고 그녀도 가지고 싶은 게 내 마음인가? 그녀 없이 눈

내리는 겨울과 꽃 피는 봄을 얼마나 더 맞이해야 할지, 잠 못 이루는 밤이 몇 밤이 될지 가늠할 수 없어 답답했다. 마음의 문제가 아니라 몸의 문제라며 몸을 탓했다. 섹스 중독인가? 치료를 받아야 하나? 의사는 스트레스나 고통에 직면했을 때 회피 행동으로 섹스를 선택하는 경우가 섹스 의존증이라고 말했다. 그러면서 그는 한 여인에 국한해서 일어나는 반응이라면 사랑이 아닐까요? 라고 되물었다. 차라리 섹스 중독이라고 하지. 치료만 받으면 된다고 말해 주지…. 사랑이라…. 사랑인가? 태식이 매일 톡을 보냈지만 그녀는 읽지 않았다. 나는 차단된 사람인가?

올림픽대로에 개나리와 진달래가 만발했다. 봄이 오고 있었다.

태식은 카톡 대신 산에 갈까요? 라는 문자메시지를 보냈다. 뜻밖에도 가요라는 두 글자가 화면에 떴다. 할 말은 많았으나 '편한 신발 신고 오세요'라는 한 문장만 적었다.

그녀의 모습을 보는 순간 태식은 아연실색했다. 운동화는 신었으나 레깅스에 치마를 입었다. 태식은 등산복 차림이었다. 등산을 가 본 적이 없나?

"산에 간다고 했잖아요."

"왜요? 무슨 문제 있어요?"

그녀가 태식의 어깨 너머를 보며 말했다.

태식은 언젠가 가 본 적 있는 마을이 떠올랐다. 등산객들은 찾지 않는 곳이었다. 서울 근처 어디에나 산이 있으니 굳이 등산 코스를 택할 이유는 없었다. 동네 초입에 차를 세우고 오솔길을 따라 올라갔다.

"그 사람은 늘 강아지와 단둘이 산에 간댔어요. 내게는 한 번도 같이 가자고 하지 않았죠. 산꼭대기에서 전화만 했다니까요. 쓸쓸하다면서…. 내가 먼저 가자고 말해 주길 기다렸던 걸까요?"

그래서 얼른 따라나섰나? 한풀이라도 하려고? 에이. 속이 상했다. 그러나 태식의 몸은 속상해 할 여유조차 주지 않았다. 어느새 그녀의 눈치를 살피고 감정의 흐름을 읽느라 신경이 곤두섰다. 벗은 몸을 보여주고 합을 맞춘 이후에도 눈길을 주지 않는 그녀를 이해할 수 없었다. 제발 내 눈을 바라봐 주세요. 그리고 말해 줘요. 당신이 어디에 서 있는지? 내가 당신에게 무엇이길 바라는지? 나 자신을 지탱하기가 몹시 힘이 들어요.

마지막 잎새마저 떠나보낸 나무들이 앙상한 가지를 벌리고 서 있었다. 빈 가지 사이로 보이는 하늘은 구름 한 점 없이 파랬다. 정말이지 지금은 쾌락을 위한 기대보다 아픈 것을 참기가 힘들었다. 계속 이런 상태라면 산에서 내려갈 수 없을지도 모른다. 심장병 약을 먹은 환자가 발기된 성기를 부여잡고 응급실을 찾았고, 그래서 만든 약이 비아그라라더니. 자신이 딱 그 꼴이라 혀를 찼다.

─나를 죽일 작정이야? 제발 그만해.

─어림도 없지. 내가 왜 참아야 하는데?

─제발 부탁이니 나 좀 살려 줘.

─체, 잘난 이성으로 어찌해 보시든가.

그녀가 태식의 옆에 쪼그리고 앉으며 괜찮은지 물었다. 태식은 대답 대신 그녀의 팔을 낚아챘다. 그녀의 체중이 보태지자 조금 더 아래로 미끄러져 내렸다. 바닥이 푹 꺼지는 느낌이 들었다. 두껍게 쌓인 갈잎은 생각 외로 푹신했고 몸을 숨기기에 부족하지 않았다. 태식이 그녀의 옷을 벗기려고 했을 때 처음으로 시선이 마주쳤다. 그녀는 거부하는 대신 슬픈 눈빛으로 태식을 보았다.

"그 사람을 구할 수도 있었는데….'

구할 수도 있었다고? 뭔 말이지? 때마침 불어온 바람이 그녀의 말을 실어 갔다.

그녀가 치마를 걷어 올리고 태식 위에 올라앉았다. 언제 그랬냐는 듯 통증이 순식간에 사라졌다. 짜릿하고 뜨거운 느낌이 물결치듯 온몸으로 퍼져나갔다. 몸이 부르는 환희의 송가가 마음 깊숙한 곳까지 스며들었다. 엄마 품에 안긴 것처럼 따뜻하고, 아늑하고, 그리고 편안했다.

하늘색이 점점 파래졌다. 하얀 선 두 개가 짙푸른 하늘을 둘로 나누는 것을 보며 태식은 눈을 감았다. 전투기 날아가는 소리가 아득하게 들렸다.

(『작가포럼』 2021. 2호)

은밀하게

주님의 기도를 세 번 암송하세요.

　칸막이 너머에서 신부님이 말씀하셨다. 내가 고백하는 죄의 종류나 경중에 상관없이 신부님이 내리는 보속補贖은 한결같다. 그동안 나는 '주님의 기도' 이외의 보속을 받아보지 못했다.

　성당을 내 집 드나들듯 한 지 십수 년이 지났다. 방문을 열면 바로 골목이 나오는 쪽방에는 화장실이 없다. 사람들은 모두 공동 화장실을 썼다. 겨울에는 화장실 물이 얼기 때문에 나는 근처에 있는 성당 화장실까지 배를 움켜쥐고 달리곤 했다. 몇 년 전에야 구청에서 효소로 대소변을 분해하는, 물이 필요 없는 화장실을 골목 끝에 지어주었다. 그래도 나는 일주일에 서너 번은 성당 화장실로 달려간다. 쫓기지 않고 느긋하게 변을 볼 수 있기 때문이다. 서울 시내에 그런 곳이 아직 있느냐고 묻겠지만 한강 다리

건너, 말하자면 강남에 이런 곳이 있다.

다섯 살 무렵 나는 할머니 손에 이끌려 이곳으로 왔다. 손가락을 쫙 펼쳐서 사람들에게 내보인 게 유일한 유년의 기억이다. 나외에는 아이가 없어서 그랬는지 나만 보면 사람들은 몇 살인지 물었다. 나는 가끔 할머니에게 엄마 아버지는 언제 오느냐고 보챘다. 그때마다 할머니는 죽었다는 말만 했을 뿐 왜 죽었는지 언제 죽었는지 말해 주지 않았다.

내 삶의 터전인 쪽방은 여름에는 찜질방처럼 덥고 겨울에는 골목을 지나는 칼바람이 방안으로 들이친다. 화장실만 없는 게 아니라 부엌도 따로 없다. 세수도 하고 설거지도 하고 음식 재료도 씻는 개수대 한 칸이 전부다. 이 조그만 방에서 할머니는 구슬을 꿰거나 붙이는 일을 해서 삼사십만 원 정도의 돈을 번다. 관절염으로 무릎을 못 쓰게 되기 전에는 건물 청소를 하셨다. 나는 화장실을 쓰기 위해 성당에 가기도 하지만 털어내지 못한 감정이 쌓일 때도 성당으로 간다. 스테인드글라스를 통과한 안온하고 부드러운 빛을 받으며 성전에 앉아 있는 것만으로도 마음이 편안해졌다.

친구와 만나기로 한 카페로 가기 위해 성당을 나섰다. 심술부리는 개구쟁이처럼 빗방울이 얄밉게 우산 속으로 들이친다. 좁은 골목길을 내려가자 비에 젖은 나무들 사이로 카페라는 글씨가 보였다. 자동문이 열리는 순간 계산대가 나타났다. 주문하고 올라가면 2층에서 커피를 준다고 했다. 영수증을 받아들고 계단을 올라갔다. 대나무 전등 갓 사이로 조금씩 흘러나온 불빛이 실내를 밝히고 있었다. 어둑하고 좁은 공간은 내게 안도감을 준다. 환하고 넓은 장소에 서면 언제나 어깨가 움츠러들었다. 커피 잔을 받아들고 몸을 돌렸을 때 실내가 실제 이상으로 넓게 느껴졌다. 삼면에 붙어 있는 검은 거울 때문이었다. 왼쪽에도 오른쪽에도 앞에도 내가 있었다. 거울 속의 상이 깊고 선명해서 내가 서 있는 곳이 오히려 현실이 아닌 거 같았다. 빗방울의 무게를 이기지 못한 나뭇잎들이 거울 저편에서 몸을 떨고 있었다. 사차원 세계 같은 낯선 공간에 친구가 고개를 숙이고 앉아 있다. 탁자 위에 커피 잔을 내려놓고 의자를 끌어당겨 앉은 뒤에야 녀석이 고개를 들었다.

너는 뭘 고해성사를 그리 자주 해?

그냥 습관 같은 거야.

오늘은 무슨 죄를 사해달라고 빌었는데?

별거 아냐. 근데 내가 어떤 죄를 고백해도 신부님은 늘 주님의 기도를 세 번 외우라고 해. 웃기지?

주님의 기도? 그게 뭔데?

성경에 있잖아, 하늘에 계신 우리 아버지 아버지의 이름이 거룩히 빛나시며…, 하는 거.

네가 혼자 세 번 하면 되잖아. 번거롭게 성당에 가지 말고.

그러게.

심드렁한 내 대답에 녀석의 미간이 살짝 찌푸려졌다. 친구라고 부를 수 있는 존재는 녀석밖에 없다. 학교 다닐 때 나는 땅콩이나 외계인이라고 자주 놀림을 받았다. 얼굴형이 땅콩 꼬투리처럼 생긴 데다 삐쩍 마른 체형에 팔다리가 유난히 길었기 때문이다. 내가 놀림을 받을 때마다 녀석이 나를 감싸며 역성들었다. 나는 녀석에게 왜 나를 편드는지 한 번도 묻지 않았다. 괜히 물어보았다가 하나뿐인 친구를 잃지나 않을까 두려웠다.

할머니 몰래 떼어 본 가족관계등록부에는 엄마는 아예 없고 아버지는 실종으로 되어 있었다. 엄마도 아버지도 죽었다는 할머니의 말은 일면 진실인 셈이다. 부모님과 같이 찍은 사진 한 장 없어서 엄마나 아버지가 어떻게 생겼는지조차 모르고 살아왔다.

친구는 엄마와 둘이 살았다. 녀석은 고등학생 시절부터 인도어 골프장에서 알바를 했다. 골프에 소질이 있다는 걸 알았지만 최경주처럼 연습할 모래사장이 없어서 포기했다며 웃었다. 녀석은 캐디가 되었고 나는 알바를 해서 모은 돈으로 취업에 필요한 자격증을 땄다. 몇 군데서 일하기는 했으나 정규직으로 나를 받아 주는 회사는 없었다. 6개월 단위로 이곳저곳을 떠돌았다. 지금은 그나마 단기 계약직 자리도 얻지 못한 백수 신세다. 거울 카페에서 녀석이 내게 캐디 일을 해 보지 않겠느냐고 물었다. 학원비는 빌려줄 테니 나중에 벌어서 갚으라고 했다.

너는 운동 신경이 있으니 잘 할 수 있을 거야.

잘 할 수 있다는 말을 처음 들었다. 법적으로 특수고용노동자로 분류되는 캐디는 개인사업자라서 골프를 치는 사람들로부터 경기당 12만 원 정도의 수고비를 받는다. 버디를 하거나 홀아웃한 뒤에 약간의 오버 피를 주는 사람도 있고, 기숙사가 있어서 숙식이 가능한 골프장도 있다. 그런데 국민연금, 건강보험, 고용보험 혜택은 못 받는다. 세금을 안 내니까.

오버 피를 잘 받는 요령이 생기면 캐디 피의 상당 부분을 저축할 수 있다는 말에 귀가 솔깃했다. 잘만 하면 공동 화장실을 사용하지 않는 깨끗한 원룸으로 이사할 수 있을지도 모른다.

잘한다는 말을 캐디 양성학원에서 두 번째로 들었다. 전혀 예상하지 못했던 말이었다. 친구야 나를 격려하기 위해 그랬다지만 완전한 타인에게서 칭찬의 말을 듣게 될 줄은 몰랐다. 강사는 자질이 아깝다고 했고, 골프 선수는 못 되겠지만 훌륭한 캐디는 될 수 있다며 격려해 주었다. 학교 다닐 때 수학 성적은 나빴다. 그런데 신기하게 퍼팅라인은 잘 읽혔고 경사를 고려한 거리 계산도 정확했다. 이제 누구도 나를 외계인이라고 부르지 않았다. 어깨가 펴졌고 밝은 곳에 대한 불편함도 많이 수그러들었다. 처음 필드에 나갔던 날의 감격을 잊지 못한다. 경쾌한 타구음과 함께 날아간 공이 초록색 잔디 한가운데 떨어졌을 때 나는 친구에게 감사했다.

골프장에서 일하게 되어 기뻤던 마음이 하루 만에 실망으로 바뀌었다. 첫날엔 보지 못했는데 클럽하우스에 이런 안내문이 붙어 있었다. '저희 골프장에서는 남자 캐디가 경기 보조를 하고 있습니다. 남자 캐디를 원하지 않는 경우 미리 말씀해 주시기 바랍니다.'

제기랄, 날아갈 거 같았던 기분이 순식간에 가라앉았다. 40세 이상은 뽑지 않으니 일할 수 있는 기간도 짧은데 남자라는 이유만으로 기회가 줄어들다니.

본당에서 하는 고해성사는 가능하면 짧게 해야 한다. 신부님 두 분에 사제 한 분인데 신도는 팔천 명이나 된다. 판공성사 때는 두 마디 이상 말하지 말라는 주의를 받기도 한다. 애초부터 나는 길게 고해할 생각이 없었다. 내가 누군지 신부님이 모르시기를 바랐기 때문이다. 그러나 아무리 짧게 말하더라도 워낙 자주 하는 까닭에 신부님이 단박에 아실 거 같아서 두루뭉술하게 얼버무리는 게 습관이 되었다.

미워하는 마음을 참회합니다(나를 버린 부모를 죽도록 미워합니다). 화가 나서 미칠 거 같습니다(금수저 은수저 말만 들어도 열불이 치솟습니다). 이런 식이다.

성당 좌변기에 앉아 똥을 눌 때 나는 화장실이 있는 집에서 살게 해 달라는 기도로 시간을 보낸다. 무슨 연유인지 모르겠으나 하느님은 소박하기 그지없는 내 소망을 아직 들어주시지 않았다. 가끔은 기도 대신 누군가를 죽이거나 내가 죽는 상상을 한다. 대상에 따라 살해 방법이 다르다. 총으로 이마를 쏠 때도 있고, 목을 조를 때도 있고, 칼로 찌를 때도 있다. 나 자신을 죽일 때는 사막이나 깊은 산 속에 들어가서 수면제를 먹고 잠드는 방법을 선호한다.

성수기에 접어든 골프장이 3부제로 운영된 탓에 나도 바빠졌다. 홀 당 주어진 시간은 5분. 4명이 5분 안에 퍼팅까지 끝내야 한다. 자주 필드로 나오는 사람들은 내가 특별히 신경 쓸 일이 없다. 해저드 위치와 바람 방향이나 퍼팅라인 정도만 알려주면 된다.

문제는 골프 연습장 월례회에서 머리 올리러 오는 사람들이다 (어디서 유래된 말인지는 모르겠으나 처음 필드에 나가는 걸 '머리 올린다'라고 한다). 채를 몇 번 휘둘러보지도 않은 채 필드에 나오는 사람이 많고, 몇 타를 쳤는지 세는 게 무의미할 정도로 공이 제멋대로 날아다닌다. 함께 경기하는 사람들에게 피해를 주지 말아야 한다는 인식도 없다.

골프는 동반자에 따라 컨디션이 크게 영향을 받기 때문에 기량이 비슷한 사람끼리 치는 걸 선호하는 운동이다. 4명이 조를 이루지 않으면 예약이 어렵다. 그러니 초보 시절에는 월례회에 섞일 수밖에 없다. 하루빨리 머리를 올리고 싶은 초보자들의 마음을 충분히 이해하면서도 일하기가 쉽지 않았다.

중년 여성 네 명을 보조한 날이었다. 세컨샷을 치기 위해 카트를 몰고 앞으로 나아가는 동안 네 사람의 공 위치와 핀까지 남은 거리를 알려주고 알맞은 채를 쥐어 주었다. 그런데 두 여자가 세컨샷 위치에 그대로 서 있었다. 무슨 일이 생긴 게 틀림없었다. 가까이 다가가자 고성이 들렸다. 뚱뚱한 여자가 머리를 질끈 묶은 젊은 여자의 공을 친 모양이었다.

자기 공도 못 보고, 점수 셀 줄도 모르면 필드에 나오지 말아야지.

너는 엄마 뱃속에서 골프 배워서 나왔니?

머리를 묶은 여자가 도저히 같이 못 치겠다며 클럽하우스로 가자고 말했다.

사모님. 점수는 제가 알아서 적을 테니까 편히 치세요. 공 위치는 제가 더 잘 살필게요. 날씨가 너무 화창하고 좋잖아요. 그만 마음 푸세요.

마음 풀라니, 내 마음이 꼬이기라도 했다는 거야? 하여간 요즘 젊은 것들은 말할 줄도 모른다니까.

30대로 보이는 여자가 젊은 것들 운운하며 내게 화풀이를 했다. 나는 연신 고개를 숙이며 어서 카트에 타시라고 달랬다. 갑작스러운 기상 변화로 골프장에서 휴장을 결정한 경우 플레이 한 홀

수만큼 돈을 받는다. 고객이 스스로 경기를 포기한 경우에는 전액 다 받는다. 그러나 여자가 내게 핑계를 대며 플레이한 홀만큼만 주겠다고 우기면 시끄러워진다. 싸움은 자기들이 하고 피해는 내가 볼지도 몰랐다. 나는 죄송하다고 몇 번이나 빌었다.

신부님, 나 자신을 없애고 싶어요. 태어나서는 안 될 존재였나 봐요. 그러니 부모님이 나를 버렸겠죠. 저는 버림받았고 거부당했어요.

부모님이 살아있는지 죽었는지 모르지만 내가 버림을 받은 건 분명했다. 신부님은 하느님이 뜻이 있어서 태어나게 한 거다. 열심히 기도하면 어떻게 쓰일지 해답을 주실 거다. 그러니 기도하라고 하셨다. 기도라면 매일매일 하고 있다. 화장실과 부엌이 딸린 방으로 이사 가게 해 달라고. 그깟 소원 하나 못 들어 주면서 무슨 하느님인지. 내 마음을 읽기라도 한듯 신부님이 계속 나를 달랬다. 나는 더 듣기 싫어서 보속을 받지도 않고 고해소를 나왔다. 어쩐지 서운하고 찜찜했다. 성전에 앉아 기도하다가 십자가에 매달린 예수님을 올려다보았다. "이 잔이 내게서 지나가게 하옵소서"라고 외쳤던 예수님의 마지막 기도가 성당 안에 울려 퍼지는 거 같았다. 그 당시 예수님의 심정이 태어나지 않았기를 바라는 내 마음과 같지 않았을까? 내 의지와 상관없는 탄생이 무슨 의미가 있단 말인가.

골프장이 휴장이라 친구와 소주를 마셨다. 추적추적 내리는 비가 우울감을 더했다. 괄괄한 편인 녀석이 감정 노동자에 가까운 캐디를 한다는 사실이 안쓰러웠다. 내 얼굴을 물끄러미 바라보던 녀석이 불쑥 물었다.

전쟁터에서 말이야, 싸움은 누가 하지?

그야 병사들이 하지.

만일 병사들이 없으면 장군이 나가서 싸울까?

장군은 안 싸울 거 같은데. 명령이나 하는 사람이잖아.

장기판에서 차나 마나 졸이 모두 잡아먹히면 상대가 '장군' 하고 외치겠지.

당근이지.

그래서 나는 졸을 없애야 된다고 생각해. 첨엔 왕을 없애려고 했지만 딴 놈이 왕이 되면 소용없잖아. 백성이 모두 사라지는 게 맞아.

너 안드로메다에서 왔냐? 뭔 말을 하는 거야?

친구는 가진 인간들이 싫다고 했다. 기·득·권·자라 불리는 것들이 싫기는 나도 마찬가지였다. 양친 부모 밑에서 사랑받고 자란 녀석들. 잘난 부모덕에 대학이든 직장이든 노력 없이 들어가는 새끼들. 월급은 두 배나 받으면서 일은 비정규직에게 시키는 정규직들. 돈 좀 있다고 갑질하는 인간들.

졸을 없애야 해. 일벌이 사라지면 여왕벌은 저절로 사라져. 여왕벌은 스스로 꿀을 모을 능력이 없으니까.

장기판이며 졸이며 여왕벌이며 꿀이며, 어쩌라는 건지, 어쩌겠다는 건지. 녀석은 촛불 드는 날이 골프장이 가장 바쁜 주말이라 참석하지 못하는 걸 아쉬워하며 먹고 사는 거 말고 더 큰 문제에 관심 좀 가지라며 잔소리를 했다. 나는 나만의 화장실을 가지게 된 이후에 다른 문제에 신경 쓰겠다고 말했다.

정의가 바로 서야 네가 공동 화장실에서 벗어날 수 있는 거야.

녀석이 눈을 치뜨며 나를 노려보았다.

새벽 6시 30분. 골프동호회 팀의 첫 주자는 30대 초반의 남자였다. 남자가 티 박스에 올랐다. 1번 홀은 지대가 낮아 새벽에는 자주 안개가 낀다. 나는 빨갛게 빛나는 안내 등 불빛을 향해 공을 치라고 말했다. 딱 소리와 함께 공이 안내 등 오른쪽으로 날아갔다. 그쪽에는 깊은 벙커가 있다. 멀리건을 주기로 한다. 멀리건이란 동반자들이 한 번 더 치도록 양해해 주는 것이다.

빈 스윙 몇 번 하시고 다시 치세요.

남자가 다시 친 공도 오른쪽으로 크게 휘어지는 곡선을 그렸다. 힘이 좋아 공을 멀리 날리기는 하는데 방향이 엉망이었다. 나는 남자의 드라이버를 받아 수건으로 닦았다. 남자가 자기 드라이버에는 매번 커버를 씌워서 백에 넣어달라고 말했다. 라운딩을 끝내고 커버를 씌우는 게 일반적인데 말이다.

남자의 공이 제일 멀리 날아갔기 때문에 세 사람에게 공이 떨어진 위치를 알려주고 남자와 함께 벙커로 갔다. 항아리처럼 생긴 깊은 벙커에 얌전하게 앉아 있는 하얀 공이 마치 꿩의 알 같았다. 턱이 높은 벙커에서 탈출하려면 공을 높이 띄워야 한다. 클럽 헤드를 열고 3cm 정도 공 뒤의 모래를 치라고 조언했건만 딱 하고 공 맞는 소리가 났다. 공은 벙커 턱을 넘지 못하고 도르르 굴러내렸다. 몇 번을 쳐도 결과는 같았다.

꺼내 놓고 치세요.

남자는 내 말을 무시하고 계속 탈출을 시도했다. 무전기가 울렸다. 뒤 팀의 캐디가 빨리 앞으로 나가라고 독촉했다. 무전기 소리를 듣고서야 남자가 벙커에서 나왔다. 남자에게 세컨샷 칠 방향을 알려주고 벙커로 내려가 고무래로 모래를 정리했다. 모래 정리는 공을 친 사람이 하는 게 규칙이지만 남자는 신경도 쓰지 않으니 내가 해야 했다.

5번 홀부터 시야가 확 트였다. 공 찾기가 수월해져 기분이 나아진 것도 잠시, 남자의 티샷이 코스의 경계를 표시하는 흰 말뚝을 넘어갔다. OB가 나면 벌점 하나를 받고 다시 쳐야 한다. 남자는 3번의 멀리건을 이미 다 썼다. 또다시 OB가 나자 남자가 클럽을 던졌다. 클럽을 던지다니…. 경기 중이었다면 벌점을 받거나 실격 처리될 수도 있다. 천천히 클럽을 주워드는 나를 보며 남자가 젊은 놈이 동작이 느리다고 핀잔했다.

고해소에서 나는 처음으로 내가 저지른 일에 대한 구체적 사실을 고백했다.

어제 어떤 남자를 골탕 먹였습니다. 동작이 느리다, 눈치가 없다, 하면서 스트레스를 내게 푸는 거예요. 나이 먹은 게 훈장이라도 되는지 말끝마다 '젊은 놈이'를 붙이는 게 정말 싫었어요. 그들은 홀마다 가장 적은 타수를 친 사람이 돈을 가져가는 내기를 하고 있었는데 나는 일부러 퍼팅라인이 살짝 어긋나게 남자의 공을 놓았고, 남자는 계속 돈을 잃었어요.

일 분 정도가 지날 때까지 칸막이를 넘는 말이 없었다. 생각이나 마음이 아니라 행위에 대한 고백이라서 놀라신 걸까? 평소보다 큰 목소리로 신부님이 말씀하셨다. 사람이나 상황의 영향을 받아 마음의 평화를 잃는 일이 없도록 기도하라고 하시며 주님의 기도를 3번 암송하라는 보속을 주셨다.

친구가 거울 카페로 나를 불러냈다. 어둡고 은밀한 방들이 거울 속에 있었고, 방마다 얼굴을 마주하고 앉은 친구와 내가 있었다.

니네 골프장도 농약 많이 치지?

친구가 물었다. 당연한 질문을 왜 하는지….

KLPGA 대회가 열릴 예정이라 난리도 아니다. 왜?

잔디에 뿌리는 제초제 중에 '아트라진'이라는 성분이 있거든.

그래서?

이게 남성 불임을 유발해. 잔디밭이나 옥수수밭에 주로 뿌리는데, 골프장에서 쓰는 양이 엄청나.

헐! 우리가 그리되는 거 아냐? 우리 일턴데.

결혼에 대한 소망이 없으니 자식에 대한 소망 역시 있을 수 없지만 나도 모르게 말이 그렇게 나왔다.

어른들은 큰 영향 없대. 그래도 태아나 유아들에게는 치명적이래.

얼마나 오래, 얼마나 많이 흡수해야 그리 되는 건데?

나도 모르지. 옛날에 말이야, 중국에 어느 영감이 산을 옮길 거라며 삽질을 시작했다네? 언제 다 옮기겠냐고 했더니 내 아들과 아들의 아들과 아들의 아들의 아들과…, 계속하면 되지 않겠느냐고 했대. 지속적으로 노출되는 게 중요하겠지.

이해가 되지 않아 멍때리고 있는 나를 보며 녀석이 씩 웃었다. 무슨 말인지 물었지만 녀석은 뒷말을 얼버무렸다.

골프공을 치는 순간 골프채가 잔디를 떠내게 되는데 뜯겨나간 잔디 조각을 디봇이라고 한다. 디봇으로 흙이 드러난 곳에 잔디 씨앗이 섞인 모래를 붓고 꼭꼭 밟아주는 게 캐디들이 해야 하는 또 다른 일이다. 잔디 보수를 위해 모래를 가지러 창고에 들어갔을 때였다. 안쪽에 있는 커다란 농약 통들을 보는 순간 불현듯 녀석의 말이 생각났다. 사방을 둘러보았다. 아무도 없었다. 가지고 있던 생수병의 물을 버리고 농약을 옮겨 담았다.

그날 이후 고해의 내용이 달라졌다.

"제가 도둑질을 했습니다. 꼭 필요한 물건도 아닌데 훔쳤습니다. 다시는 도둑질을 하지 않겠습니다. 제가 지은 죄를 참회합니다."

신부님이 처음으로 다른 보속을 주셨다. 주님의 기도가 아니라 성모송이었다. 성모송을 외우는 동안 태중의 아들이라는 말이 마음에 걸렸다. 태어나지 않았으면 좋았을 거라고 가슴을 칠지도 모를 수많은 태중의 아이들과 아직 잉태되지 않은 아이들. 탄생이 축복이 아닌 나 같은 아이들. 그런 탄생은 없어지는 게 나을지도 모른다는 생각이 들어서 한 번만 외우고 성당을 나섰다.

살다 보면 재수 없는 일이 생기기도 한다. 그러나 그날은 진짜 재수 없는 날이었다. 40대 중반으로 보이는 남자의 티샷이 계속 슬라이스가 나며 오른쪽으로 엄청 휘었다. 나는 남자가 드라이버 대신 우드나 아이언을 잡았으면 했다.

이 홀은 공이 오른쪽으로 휘면 12번 홀 그린으로 날아갈 수 있어서 위험해요. 드라이버로 치지 말고 우드나 아이언 잡으세요.

내 말을 귓등으로 들었는지 남자가 드라이버를 들고 티 박스

위로 올라갔다. 나는 공이 똑바로 날아가기를 기도하며 조마조마한 마음으로 지켜보았다. 딱 소리가 났고, 공이 오른쪽으로 크게 휘어지며 나무들을 넘어 멀리 날아갔다. 나는 본능적으로 소리를 질렀다.

보올….

내 외침이 끝나기 무섭게 무전기가 울렸다. 남자의 공이 12번 그린에서 퍼팅하던 플레이어의 머리에 맞았다는 것이다.

큰일 났어요. 고객님 공이 다른 고객의 머리에 맞았대요. 위험하다고 했잖아요. 우드나 아이언으로 치시지.

내 말을 무시했다는 걸 잊었는지 남자는 왜 미리 알려주지 않았느냐며 내게 화를 냈다. 빨리 클럽하우스로 가야 한다고 하자 남자의 동반자들이 자기들끼리 치면 안 되느냐고 물었다. 사람이 다쳤다는데 공 칠 생각만 하다니. 빨리 카트에 타시라고 말하고 클럽하우스로 갔다. 공에 맞은 사람이 수건으로 머리를 누르고 있었다. 수건이 온통 피에 젖어 있었다. 그제야 남자의 얼굴에 당황한 기색이 드러났다. 과장님이 다친 사람과 남자를 데리고 병원으로 떠났다. 티셔츠까지 피가 흘러내린 것으로 보아 중상을 입은 건지도 몰랐다. 골프공이 얼마나 단단한가. 게다가 하늘 높은 곳에서 떨어졌으니.

캐디가 잘 알려 줘야지. 그러라고 돈 주는 거 아냐? 요즘 젊은 것들은 뭐 하나 제대로 하는 게 없다니까!

그러게, 새벽부터 왔는데 공도 못 치고.

에이, 재수 옴 붙었다.

남은 세 사람이 불평을 쏟아냈다.

갈비뼈 금 갔다는 말은 들었어도 머리 깨졌다는 말은 들어본 적이 없는데.

평생 구경하기 힘든 거 본 거지 뭐.

그들은 걱정은커녕 신기한 광경을 본 것처럼 낄낄거리기까지 했다. 뚜껑 열린다는 말이 비로소 이해되었다. 무슨 말이든 한마디 해 주고 싶었지만, 보올 하고 소리 지르던 순간이 영화의 한 장면처럼 눈앞에 되살아났다.

저는 병원에 가봐야겠어요. 골프백 챙기세요.

나는 서둘러 셔틀버스를 타러 갔다. 산길을 돌아 내려가는 내내 피에 젖은 수건이 떠올랐다. 정형외과와 일반외과가 있어서 수술이 가능한 병원은 읍내에 딱 하나뿐이었다. 응급실로 뛰어갔다. 과장이 불안한 얼굴로 응급실 앞에서 서성이고 있었다.

과장님, 어떻게 되었어요?

CT 찍고 있어. 의사가 뭐라는지 들어 봐야지. 도대체 어찌 된 거야?

드라이버 샷이 계속 슬라이스가 났어요. 그 홀에서는 OB가 나면 위험하다고, 12번 홀 그린으로 공이 날아간다고 분명히 말했어요.

드라이버로 치지 말라는 말은 안 했고?

했어요. 그분이 고집이 되게 세시더라구요. 한 번도 제 조언을 따르지 않았어요.

같이 플레이한 사람들도 들었지?

네. 아이언이나 우드 잡으라고 분명히 말했어요.

바위에 맞은 공이 튀어나와 공 친 사람 눈에 맞은 사고 알지? 캐디의 조언을 무시해서 난 사고인데도 억대의 배상금을 지급하라고 판결났어. 우리도 큰일났다. CT 결과가 잘 나와야 하는데….

하얀 가운을 입은 의사가 과장을 향해 걸어왔다. 검사 결과 이상이 없어서 몇 바늘 꿰매면 된다고 말했다. 과장은 내게 돌아가서 사유서를 쓰라고 했다. 그러나 나는 서울로 가는 버스를 탔다. 집으로 가기도 싫고 그렇다고 마땅히 갈만한 곳도 없었다.

신부님, 누군가를 죽이고 싶다는 생각을 했습니다. 불이라도 확 질러버리면 속이 시원할 거 같기도 하고요. 가슴이 답답해요. 세상도 싫고 사람도 싫고 살기도 싫어요. 아무리 열심히 일해도 햇볕이 잘 드는, 화장실 딸린 방 한 칸 얻기 어렵고 퇴직금도 연금도 없어요. 희망이 없잖아요.

보속을 주신 이후에 신부님은 심리 상담 봉사를 하는 교우를 만나보는 게 어떻겠느냐고 물으셨다. 일정을 잡아주겠다고 하셨지만 나는 마음이 내키지 않았다.

사나운 빗방울이 쪽방 지붕을 쉴 새 없이 두드렸다. 친구가 새로운 카페로 오라고 했다. 스마트폰의 네비까지 켜고 주택가 골목길을 뱅뱅 돌았다. 녀석도 사람 많은 곳을 싫어하는지 늘 구석지고 한적한 곳으로 나를 부른다. 막다른 골목에 작은 간판이 보였다. 반지하에 있는 카페는 머리가 닿으면 어쩌나 걱정될 만큼 천장이 낮았다. 칵테일바나 회전초밥집처럼 카운터 앞에 의자가 몇 개 놓여 있고, 테이블이 4개 밖에 없는 작은 카페였다. 결사대의 비밀 회합 장소 같은 은밀한 분위기가 마음에 들었다. 매트릭스의 오라클을 닮은 여자가 커피를 탁자에 내려놓으며 쿠키는 서비스라고 말했다. 아라비카 원두커피에 쿠키까지 단돈 2,000원. 커피는 향이 좋았고 쿠키도 맛있었지만 내 기분은 나아지지 않았다.

왜 그래? 완전 죽을상이잖아.

녀석이 눈을 동그랗게 뜨고 물었다.

왜? 어서 말해 봐.

나 소송 걸릴지도 몰라.

나는 골프장에서 겪었던 일들을 횡설수설 늘어놓았다. 머리 깨진 남자 이야기였다.

네 손님이 OB를 냈고, 옆 홀 그린으로 넘어가서 퍼팅하던 사람 머리에 맞았다는 거잖아. 몇 바늘 꿰맸고, 다른 이상은 없고.

나는 고개를 끄덕였다.

의사가 검사 결과 이상 없다고 했다며?

응, 그래도 소송 걸지 모른대. 치료비는 골프장에서 보험 처리했는데 정신적인 피해를 보상하라고 한다나. 사람들이 싫어. 내 말은 듣지도 않고 지고집 대로 하다 그리 된 거야. 같이 온 인간들도 다친 사람 걱정은 전혀 하지 않고 공 못 치게 되었다고 짜증만 내더라니까. 그 인간들 확 죽이고 싶어. 짜증나고 살기도 싫고.

진짜 그만해서 다행이다. 우리가 하는 말 안 듣고 제멋대로 하다가 다쳐도 배상해야 된다더라. 있는 놈들이 오니 수억씩 배상하는 경우도 있대. 무조건 좋은 자리에 놓고 치라 해라.

내가 적극적으로 드라이버로 못 치게 말리지 않아서 그런 거라고 하니 너무 억울해. 그 남자가 소송 걸면 나도 재판받으러 가야 된대. 무서워. 얼마를 배상하라 할지 생각만 해도 끔찍해.

너 말이야, 미다스의 손이라는 말 알아?

녀석이 물었다.

알지. 만지는 건 모두 금으로 변한다는 왕 이야기잖아.

그 미다스와 실레노스라는 정령이 이런 대화를 나눴다네.

뭔 대화?

미다스가 실레노스에게 '인간에게 가장 좋은 게 뭐냐?'고 물었대.

그래서? 실레노스가 뭐라고 대답했대?

인간의 가장 큰 행복은 애당초 태어나지 않는 것이며, 일단 태어났으면 되도록 빨리 죽는 거라고 했대.

내 생각하고 완전 똑 같네. 나도 늘 그런 생각을 하거든. 신부님께 묻기도 했어.

녀석이 오묘한 눈빛으로 나를 보았다. 위로하려는 건지 달래려는 건지 감이 잡히지 않았다.

영화에 나오는 고해소는 칸막이가 크던데 우리 성당 고해소 칸막이는 손바닥보다 조금 큰 정도다. 서로의 모습이 조금도 보이지 않는다. 나는 갑자기 신부님께 떼를 쓰고 싶었다.

부모도 없고, 많이 배우지도 못했고, 번듯한 직업도 없고, 못생겼고, 화장실도 없는 집에서 사는 건 내 잘못이 아니다. 하느님이 나를 만들었으니 책임도 하느님이 져야 한다. 이 세상에서 사라지고 싶다. 초미세먼지만큼의 자취도 남기고 싶지 않다….

묵묵히 듣고 계시던 신부님이 온유한 목소리로 말씀하셨다.

예수님은 우리 모두를 사랑하십니다.

사랑한다면 잘해 줘야 하잖아요? 부모도 주지 않고, 기회도 주지 않고, 차별과 고통 속에서 살게 하는 게 사랑인가요?

나중에 틀림없이 크게 돌려주실 겁니다. 믿으세요. 욥은 끝까지 믿어서 축복을 받지 않았습니까?

아, 저는 욥기가 제일 싫어요. 욥의 죽은 자식들은 무슨 죄가 있나요? 욥의 자식으로 태어나고 싶어서 태어난 게 아니잖아요?

그런 생각을 버려야 합니다.

신부님이 내 말을 잘랐다. 주님의 사랑을 잊지 말라고 하시며 주님의 기도를 3번 암송하라는 보속을 주셨지만 나는 따르지 않았다.

지붕을 뚫어버리기라도 할 듯 쏟아지는 장대비에 쪽방 앞 골목은 개천으로 변했다. 성당으로 가지 못하고 공중화장실에서 볼일을 보았다. 머리를 싸매고 드러누워서 난폭한 빗소리를 듣고 있는 나를 할머니가 걱정스러운 눈빛으로 바라보았다. 스마트폰이 울렸다. 친구가 나오라고 했다.

싫어, 비가 너무 많이 와. 골목을 벗어나기도 전에 바지까지 젖을 거야.

차 가지고 왔어. 장화를 신든가. 장화 없어?

맨발에 슬리퍼를 신고 대로변으로 나갔다. 흰색 SUV가 비상등을 깜박이고 있었다. 내가 조수석에 올라타자 녀석이 올림픽 대로로 차를 몰았다.

어디 가는데?

가 보면 알아.

올림픽대로를 달리던 자동차가 표지판도 없는 작은 길로 빠져나갔다.

여기 잘 봐 둬. 네비에 찍을 주소 같은 게 없어서 찾기 어렵지만 그만큼 은밀하게 주차하기 좋아.

은밀해서 어떻다는 건지. 좋다는 건지, 나쁘다는 건지. 나는 녀석이 하는 말을 묵묵히 들었다. 커다란 나무 밑에 차를 세운 녀석이 내리라고 했다. 발아래 보이는 건 정수장이었다. 하루 50만 톤에 달하는 물을 처리하는 이 정수장은 내가 더 잘 안다. 녀석이 이상한 길로 꼬불꼬불 왔기 때문에 여기로 오는지 몰랐을 뿐이다. 내가 자격증을 따고 맨 처음 취직한 곳이었다. 일이 힘들기도 했지만 단기계약직이라 6개월 이상 일할 수 없었다. 일은 비정규직이 다 하는데 월급은 절반에 불과했고 잔소리만 엄청 들었다. 시간제 알바가 차라리 마음 편했다.

CCTV에 찍혀도 모자만 쓰면 문제없을 거 같지 않아? 철조망도 없고.

나는 순간 가슴이 울렁거렸다. 그간 모아둔 농약병이 떠올랐다. 뭐야, 같이 농약이라도 타자는 건가? 벌써 탔나? 하고 싶은 말이 많았지만 나는 다만 이렇게 말했다.

밤에 정수장을 드나들기라도 한 모양이네.

녀석을 위해 모아둔 제초제를 생각했다. 잘 할 수 있다는 말도, 자질이 있다는 말도 녀석에게서 처음 들었다. 녀석은 친구 이상의 의미가 있었다. 녀석을 위해서라면 못 할 일이 없었다. 혁명을 하자면 동지가 되어주고, 도둑질하자고 해도 기꺼이 동참할 각오가 되어 있었다.

찌질하게 굴지 말고 뭔 행동이라도 하란 말이지. 전봇대를 뽑아서 네 콧구멍에 있는 코딱지라도 빼 주리?

혹시라도 농약이 필요하다는 말을 하면 얼른 내놓을 생각이었다. 기뻐하는 녀석의 얼굴을 보는 상상만으로도 가슴이 짜릿했다. 그런데 찌질하게 굴지 말라니. 전봇대를 뽑아서 코딱지를 파 준다고 조롱하다니. 차라리 함께 물에 제초제를 타자고 하지. 이상하게 마음이 착 가라앉았다. 서늘해진 내 표정을 읽었는지 녀석이 푸념하듯 말했다.

농약을 확 풀어버릴까 이런 생각을 내가 자주 한다고.

다음 말을 기다렸지만 녀석은 끝끝내 아무 말도 하지 않았다. 발끝으로 돌멩이만 차고 있었다. 기득권이니 여왕벌이니 아트라진이니 그런 말들은 도대체 왜 했을까? 나는 정말 찌질한 루저일까?

골프공에 맞아서 머리가 깨진 남자는 결국 소송을 걸었다. 조만간 나는 법정에 서야 한다. 매 순간 불안하고 초조했다. 내 발이 나를 고해소로 이끌었다.

신부님 하느님이 인간을 만드셨다면서요? 자신의 모습을 본떠서. 그런데 왜 악한 인간은 많고 선한 인간은 적은 거죠? 착하다는 말은 바보라는 뜻으로 통하죠. 자신의 몸으로 성실하게 일하는 사람은 가난에서 벗어날 수 없어요. 악한 인간들이 가진 게 너무 많아요. 나는 영원히 그들을 이길 수가 없어요.

분노는 어리석은 사람의 품에 머무는 것입니다.

저더러 어쩌라고요. 언제까지나 참기만 하라는 말씀이세요?

주님의 기도는 생각도 하기 싫었다. 나는 '주님 제발 판사가 제게 책임을 묻지 않게 해 주세요'를 3번 했다.

법정에 갈 날이 얼마 남지 않았다. 소송만 생각하면 머리가 지끈지끈 아팠지만 일을 쉴 수는 없었다. 공동 화장실을 써야 하는 그 집마저 잃을지도 모른다. 친구의 소개로 회원제 골프장으로 자리를 옮겼다. 퍼블릭 골프장에 오는 사람들보다 공도 잘 치고 매너도 좋아서 일하기 편했다. 오버 피를 주는 사람도 많았다.

몹시 무더운 날이었다. 중년 여자의 가방 속에 만 원짜리 지폐가 가득 들어 있었다. 여자는 가방 지퍼를 열어 놓고 파를 하면 만 원, 버디를 하면 이만 원을 주었다. 잔디를 관리하는 인부들에게도 다가가서 만 원씩 주었다. 홀아웃 때 삼만 원, 골프백을 차에 실어주니 고맙다며 또 만 원을 주었다. 그런데 함께 라운딩한 남자는 버디를 네 개나 하고서도 단돈 만 원을 주지 않았다. 남자는 리셉션의 아가씨와 주차 관리인까지, 마주치는 모든 사람에게 만 원짜리를 뿌리는 여자를 입에 침이 마르도록 칭송했다. 나는 여자에게서 캐디 피와 맞먹는 12만 원을 받았다. 그런데 이상하게 조금도 기쁘지 않았다. 만 원짜리 지폐가 가득한 가방과 사방에서 울리는 사모님 소리가 떠오르며 머리에 쥐가 났다. 그날은 더 많은 양의 제초제를 옮겨 담았다. 제초제를 패트병에 옮겨 담는 짧은 순간만큼은 신기하게도 우울감이 사라졌다.

밤마다 스마트폰으로 구글링을 하며 제초제 성분을 조사했다. 미량의 아트라진이라도 임산부가 마시면 태아는 불임이 될 확률이 높다고 했다. 정수장에서 일할 때는 관심도 없었던 물 연구원 홈페이지에도 들어가 보았다. 2019년 8월 취수 원수와 정수 수질검사 결과가 떠 있었다. 총 60개에 달하는 정수 수질검사 항목에 아트라진은 없었다. 검출된 유해영향물질도 오직 질산성 질소와 붕소뿐이었다.

나는 흰색 SUV에 배낭을 싣고 시동을 걸었다. 어두웠고, 바람이 사납게 불었으며 빗방울들이 미친 듯 춤을 추었다. 번개가 번쩍일 때만 차선이 살짝살짝 드러났다. 검은 하늘에서 붉은빛이 별똥처럼 쏟아져 내렸다. 땅이 움푹 꺼지는 게 보였다. 함몰된 땅에서 버섯구름이 높이 솟아올랐다. 물결이 퍼지듯 동그라미를 그리며 땅이 계속 가라앉았다. 고환이 쪼그라든 아기들과 남녀 성기를 모두 가진 아이들이 허공을 둥둥 떠다녔다. 익숙한 냄새가 밀려왔다. 창고에서, 패트병에서 나던 역한 냄새였다. 차를 버리고 달아났다. 달리고 또 달렸지만 나는 여전히 그 자리에 머물러 있었다.

참회한 지 2주가 지났습니다. 제가 모르는 죄까지 모두 용서해 주세요. 고해성사의 시작은 평소와 다름없었다. 내가 저지른 죄에 대해 고백해야 하건만 화장실이 있는 집에서 살고 싶었을 뿐이라는 말이 튀어나왔다. 친구는 졸을 없애야 한다고 했지만 그런 생각은 해 본 적이 없다는 둥, 실레노스가 인간은 태어나지 않는 게 가장 행복하다고 했다는 둥, 두서없이 이런저런 말을 내뱉었다. 눈물이 솟구치며 목이 메었다. 하느님이 있기나 한지, 왜 이렇게 차별을 하시는지, 존재할 이유나 가치가 없는 것 같은 나를 왜 태어나게 하신 건지? 둑이 터지듯 걷잡을 수 없이 감정이 격해졌다. 흐느낌이 통곡으로 변할 즈음 신부님이 큰 소리로 사죄경을 읊기 시작했다.

인자하신 하느님 아버지, 성자의 죽음과 부활로 세상을 구원하시고 죄를 용서하시려고 성령을 보내 주셨으니 교회를 통하여 이 교우에게 용서와 평화를 주소서. 나는 성부와 성자와 성령의 이름으로 당신의 죄를 용서합니다.

사죄경이 끝나도 나는 울음을 멈출 수 없었다. 훌쩍이는 나에게 신부님이 나직한 목소리로 인제 그만 울음을 멈추시라고 말했다.

다시는 나 같은 아이가 태어나지 않았으면 좋겠어요. 신의 섭리로 내가 태어났다는 걸 믿을 수 없어요. 태어났으면 빨리 죽는 게 행복이래요.

아, 좀 그만 괴로워하세요.

신부님의 언성이 높아졌다.

개인의 행복이 절대 가치인 시대가 되었습니다. 그러니 어떻게 하면 행복해질까 고민하세요. 하느님의 나라와 그의 의를 구하라는 말이 공허한 메아리가 된 지 오랩니다. 부모가 자식을 죽이고 자식이 부모를 죽였다는 뉴스가 매일 나오다시피 하지 않습니까. 내가 제일 많이 듣는 고백이 가족 간의 미움에 관한 것입니다. 혼배성사를 할 때마다, 미사를 집전할 때마다, 서로 사랑하고 화목한 가정을 이루라고 당부했는데 철저히 거부당한 겁니다. 진정한 의미에서 거부당하고 버림받은 사람은 바로 납니다. 할 수만 있다면 하느님께 새로운 기회를 드리고 싶습니다. 천지창조 이전으로 되돌려서 다른 모습으로 인간을 창조하실 수 있게 말입니다.

신부님, 지금 무슨 말씀을 하시는 거예요?

내가 진의를 파악하기도 전에 신부님이 보속을 주셨다.

주님의 기도 세 번 암송하세요. 주님께서 죄를 용서해 주셨습니다. 평안히 가세요.

나는 반사적으로 성호를 그었다. 그런데 내 입에서 나온 말은 '아멘'이 아니라 '은밀하게'였다.

(『시선』 2020년 여름호)

낯선 봄

거울에 비친 내 모습이 낯설다. 마스크를 쓰지 않았기 때문이다.

요즘은 현관 밖으로 나가려면 반드시 마스크를 써야 한다. 마스크를 쓰지 않으면 버스나 지하철을 탈 수 없고, 마트에 가서 물건을 살 수도 없다. 참새조차도 마스크를 써야 사람으로 인식한다니 어쩌겠는가. 몇 번이나 낭패를 겪고서야 나는 작은 바구니를 현관 거울 앞에 놓았다. 바구니에 세 종류의 마스크를 담아두고 용도에 따라 골라 쓴다. 산책만 할 때는 KF-AD, 동네 가게에 갈 때는 KF-80, 멀리 갈 때는 KF-94, 이런 식이다.

바구니에서 KF-AD 한 장을 꺼낸 나는 거울을 보며 일련의 작업을 한다. 제일 먼저 고무줄을 귀에 건다. 코와 마스크 사이에 빈 틈이 생기지 않도록 코핀을 누른다. 얼굴에 완전히 밀착되었는지 턱 부분을 살핀다. 완벽한지 다시 한번 확인한다. 마침내 나는 결코 아름답다고 말할 수 없는 모습으로 집을 나선다.

봄기운이 완연하게 내려앉은 산책로에는 갖가지 꽃들이 피어 있다. 수줍음을 던져버린 듯 알몸의 진달래가 고운 자태를 뽐내고 있고 벚나무는 이제 막 꽃망울을 터뜨리는 중이다. 뒤숭숭한 인간 세상과 상관없이 봄날은 여전히 아름답기만 하다.

코로나바이러스가 지구를 점령한 지도 벌써 일 년이 지났다. 목숨을 잃은 사람도 많으니 내 고충은 고통이라 할 수도 없을 테지만 문제는 바이러스에 휘둘리는 내 삶이 언제 끝날지 모른다는 데 있었다.

2020년 봄 나는 열아홉 명의 손님을 모시고 남미 대륙을 여행 중이었다. 서울을 떠난 지 26일째 되던 날 아침이었다. 외출 준비를 막 끝냈을 때 침대 옆에 있는 전화기가 요란스럽게 울렸다. 수화기 속에서 들리는 호텔 매니저의 목소리는 퉁명스럽기 짝이 없었다.

"너희는 외출 금지야. 방 안에서 머물러야 해. 식사도 물론 방에서 해야겠지. 룸서비스 이용료가 추가될 거야."

그녀는 이런 말을 하게 되어 유감이라거나 형식적으로 건네는 미안하다는 말 한마디 없이 명령조로 말했다. 우수아이아에서 부에노스아이레스행 비행기를 탈 때까지 아르헨티나 정부는 관광객과 관련된 어떤 조치도 내리지 않았다. 고급 와인을 마시며 안심 스테이크를 먹거나, 탱고 공연을 보며 하루를 마무리하겠다는 기대로 한껏 들떠 있는 손님들에게 뭐라고 한단 말인가.

"뭔 말을 하는 거야? 왜 갑자기 감금하는 건데?"

오는 말이 고와야 가는 말도 고운 법이다. 내 말에도 가시가 돋쳐 있었다.

"뉴스 봐. 조금 전에 대통령이 위험 국가에 칠레를 포함시켰어. 너희들 칠레에서 왔잖아. 나도 어쩔 수 없어. 지침을 따라야 해."

허둥지둥 프런트로 뛰어 내려가서 말도 안 된다며 항의했지만, 매니저는 굳은 표정으로 같은 말만 되풀이했다. 걱정해 주지는 못하더라도 안타깝다는 말 한마디 정도는 해야 하는 거 아닌가? 황당하기도 하고 어이없기도 했다. 이 호텔에 한두 번 온 게 아닌데 어찌 이리 인정머리가 없을까. 서운하고 괘씸했다. 머릿속이 하얗게 비며 뒷골이 당겼다.

아웃바운드 여행사에서 투어 길잡이로 일한 지 20년이 넘었다. 남미 대륙을 오간 지도 벌써 십여 년이다. 그간 별의별 일이 다 있었으나 이렇게 난감한 경우는 처음이었다. 아, 어쩌지? 일단 일행의 의견부터 묻기로 했다.

─긴급한 사태가 생겼으니 지금 당장 제 방으로 오세요.

메시지를 단톡방에 올리고 방문을 열어 두었다. 방 안으로 들어서는 사람들의 얼굴엔 불안과 의구심이 가득했다. 손님들은 중국에서 사스나 메르스 같은 호흡기 감염병이 발생했다는 사실과 새로운 병이 우한 폐렴이라고 불린다는 사실을 이미 알고 있었다. 나는 매니저의 말을 가감 없이 전했다.

"아무리 생각해도 빨리 빠져나가야 할 거 같아요. 잘못하면 시골에 끌려가서 격리될 확률이 높아요. 여러분의 의견을 듣고 싶어요."

"관광은 어찌 되는 건데요?"

"향후 일정은 모두 취소해야죠. 관광이 문제가 아니예요. 여기서 코로나 걸리면 죽을 수도 있어요. 그동안 보셨잖아요. 의료 시스템이 우리나라 같지 않다는 거."

"너무 무서워요. 구경이고 뭐고 무조건 빨리 집에 가고 싶어요."

어머니를 모시고 온 삼십 대 초반의 여자가 말했다.

"빨리 탈출하는 게 좋겠습니다."

은퇴한 교장 선생님이 중후한 목소리로 동의를 표했다.

"갇히기 싫어요."

"무사히 돌아갈 수 있을까요?"

너도나도 한마디씩 했지만, 여행을 계속하자거나 남은 경비를 환불해 주는지 묻는 사람은 없었다. 만장일치로 이 상황에서 탈출하기로 했다. 남은 일정은 이구아수 폭포와 리우 카니발 단 두 개였다. 우리는 이틀 뒤에 국경도시인 푸에르토 이구아수로 가서 버스로 국경을 넘을 예정이었다. 비행기 표도 가지고 있었다.

이구아수 폭포는 이미 폐쇄되었으나 브라질은 아직 출입국 통제를 하지 않고 있었다. 아르헨티나만 벗어나면 무슨 방도가 생길 것 같았다. 항공사에 전화해서 푸에르토 이구아수로 가는 항공편을 내일로 변경했다. 그리고 매니저에게 내일 아침 체크아웃 하겠다고 통보했다.

26일 전 우리 일행은 인천 공항을 출발해 LA를 거쳐 페루에 도착했다. 잉카의 궁전이었던 마추픽추와 세상에서 제일 큰 거울인 볼리비아의 우유니 호수를 탐방하고 칠레로 갔다. 토레스 델 파이네 국립공원 트레킹을 마치고 아르헨티나로 간 이유는 세계에서 세 번째로 크다는 페리토 모레노 빙하에 오르기 위해서였다. 빙하에서 떼어낸 얼음조각에 위스키를 부어서 마실 때까지만 해도 코로나19는 우한 폐렴이라 불렸고, 여행 금지령을 내린 남미 국가도 없었다.

땅끝마을이라 불리는 우수아이아에 도착했을 때도 나는 뉴스부터 챙겨 보았다. 중국 방문자와 중국인은 격리 대상이었지만, 대한민국 관광객이 격리될 조짐은 전혀 보이지 않았다. 안개 속에서 유람선을 타고 비글해협으로 갔다. 펭귄과 바다사자와 가마우지 무리를 보고 항구로 돌아올 때쯤 파란 하늘이 드러났다. 킹크랩과 볶음밥을 맛있게 먹고 커피도 마셨다. 그리고 아무런 근심 없이 부에노스아이레스행 비행기에 올랐다. 우리는 이틀 동안 부에노스아이레스를 둘러보고 이구아수 폭포를 보러 갈 예정이었다. 마른하늘에 날벼락 맞는다더니 시내 관광을 나가려는 찰나 억류 통보를 받았다. 칠레에서 온 사람은 국내에 머무르지 말라는 지침을 우수아이아에 있을 때 내렸더라면. 그랬다면 우리는 부에노스아이레스로 오지 않고 바로 브라질로 넘어갔을 텐데….

다음 날 아침 나는 택시 다섯 대를 불렀다. 식사도 하는 둥 마는 둥 하고 짐을 챙겨 로비로 내려갔다. 캐리어와 사람들이 뒤섞인 로비는 내 마음만큼이나 어수선했다. 빨리 공항으로 가야 하는데 프런트 직원이 퇴실 수속을 해 주지 않았다. 외무부 허가가 나야 되네, 의료 허가가 있어야 되네, 하면서 계속 잡아 두었다. 언제까지 기다려야 하느냐며 택시 기사들이 불평을 쏟아냈다. 나는 웃돈을 줄 테니 걱정하지 말라며 그들을 달랬다.

마음 같아서는 매니저의 멱살을 잡아서 땅바닥에 패대기치고 싶었다. 매부리코에 주걱턱이라 마귀할멈을 연상시키는 여자였다. 난생처음 삿대질까지 해 가며 격렬하게 항의했다. 높고 앙칼진 목소리로 고함을 쳤다. 서슬 퍼런 내 태도에 놀랐는지 매니저가 체크아웃해 주라고 직원들에게 지시했다.

권위적이고 불친절한 매니저에 비하면 택시 기사들은 착했다. 어깨를 한 번 으쓱했을 뿐 군말 없이 차를 몰았다. 시간이 촉박하다는 사실을 아니까 알아서 전속력으로 달렸다. 우리는 아슬아슬하게 시간 안에 공항에 도착했다. 나는 사람들을 이끌고 셀프체

크인 키오스크 앞으로 갔다. 호텔에서 스마트폰으로 좌석을 받아 두었기 때문에 각자 자신의 캐리어에 붙일 수화물표를 출력해서 탑승 수속 카운터로 가면 되었다.

짐을 실으려는 사람들이 카운터 앞에 길게 늘어서 있었다. 한국인 단체가 마침 수속 중이었다. 나는 사람들을 헤치고 앞으로 나아갔다. 그 단체가 무사히 비행기를 타는지 보기 위해서였다. 그 팀은 인원이 많아서 두 편의 항공기에 탑승하기로 한 모양이었다. 어림잡아 마흔 명은 되어 보였다. 이미 짐을 실은 절반의 사람들이 한쪽 옆에 모여 있었다. 내가 다가갔을 때 갑자기 수속이 중지되었다. 칠레에서 온 사람들에게 이동 금지령이 내렸다며 이미 들어간 짐을 공항 직원들이 도로 꺼냈다. 짐이 다시 나오는 걸 본 사람들이 어쩔 줄 몰라 하며 자기 캐리어를 찾아 들었다. 지켜보는 내 가슴이 마구 방망이질을 했다.

마침내 우리 차례가 되었다.

"저 사람들 보이죠? 당신들도 못 탑니다."

새침하게 생긴 여직원이 안 된다고 말했다.

"왜 갑자기 못 나가게 하는 건데요? 태워 주세요."

"다음 사람이 수속해야 하니 비켜서세요."

나는 물러나지 않고 굳건히 자리를 지켰다. 실랑이하고 있는데 한국 대사관에서 사람들이 왔다. 한국인 영사와 현지인 직원두 사람이었다. 만일의 사태에 대비해 나는 어제 대사관에 도움을 요청해 두었다.

"이 비행기 반드시 타야 합니다. 체크인해서 좌석도 이미 받았고, 푸에르토 이구아수 공항에 국경을 넘기 위한 차량도 준비해 두었습니다. 버스 타고 바로 브라질로 넘어갈 겁니다. 꼭 타게 해 주세요."

나는 영사에게 도와달라고 매달렸다. 마르띤이라는 현지인 직원이 카운터 직원에게 간곡하게 부탁했지만, 소귀에 경 읽기였다. 어디선가 시끌벅적한 소리가 들려왔다. 한 무리의 사람들이 카운터 쪽으로 몰려오더니 카메라를 들이대고 나와 손님들을 찍기 시작했다. 마이크를 든 사람이 '대통령이 명령을 내렸는데도 불구하고 출국하려고 하는 몰상식한 아시안' 어쩌고 하며 우리를 일방적으로 매도하는 멘트를 날렸다. 뭐야? 허락도 없이 우리를 촬영하는 거야? 화가 나서 어쩔 줄 모르는 내게 앵커가 마이크를 들이대며 인터뷰를 요청했다.

그따위 멘트를 하고 내게 인터뷰를 요청해? 너무 뻔뻔하지 않은가? 인터뷰는커녕 한바탕 욕이라도 해 주고 싶었다. 코로나19 사태가 아무리 엄중하다고 하더라도 관광객이 본국으로 돌아갈 여지는 남겨야 한다는 게 내 생각이었다. 나는 인터뷰를 단칼에 거절했다. 울화통이 치밀었지만 숨을 크게 들이쉬며 마음을 가라앉혔다. 비행기를 타는 게 무엇보다 중요했다. 발등에 떨어진 불이 활활 타오르기 전에 무조건 부에노스아이레스를 떠나야 했다.

영사와 마르띤이 외무부의 허가를 받아냈다. 이제 보건부 장관만 승낙하면 출국할 수 있다. 제복을 입은 남자가 오더니 우리에게 한 줄로 서라고 말했다. 군인인지 보건소 직원인지 공항 검역소 직원인지는 알 수 없었다. 감염병 때문에 못 나가게 한다면서 체온계 하나로 모든 사람의 체온을 쟀다. 다행히 열이 있는 사람은 없었다. 푸에르토 이구아수행 비행기 표를 보여 달라기에 키오스크에서 출력한, 좌석번호까지 찍혀있는 수화물표를 보여 주었다. 푸에르토 이구아수 공항에서 우리를 태우고 브라질로 넘어갈 차량 계약서도 제시했다.

체온도 재고, 서류도 보여 주고, 해 달라는 대로 다 해 주었지만 허가가 나지 않았다. 속수무책이란 말이 이래서 생겼나? 아침도 먹는 둥 마는 둥 하고 호텔에서 나왔는데 어느새 점심시간이 홀쩍 지나 있었다. 속이 든든해야 무슨 일이든 할 배짱도 생긴다. 초췌한 얼굴로 불안에 떨고 있는 일행의 허기부터 해결하기로 했다. 공항 내 카페에서 샌드위치와 커피로 배를 채웠다.

샌드위치를 우적우적 씹는 와중에도 내 머릿속 컴퓨터는 쉬지 않고 돌아갔다. 대사관 직원들이 있을 때 반드시 담판을 지어야 한다는 결론이 나왔다. 지금, 여기, 바로 이 순간 이 자리에서 해결하지 않으면 만리타국에서 기약 없이 연금될 판이었다.

대사관이 움직이니 확실히 효과가 있었다. 아르헨티나 국적기만 아니라면 비행기를 타도 좋다는 허락이 떨어졌다. 비행기

표를 새로 사고, 푸에르토 이구아수에 잡아 놓은 호텔비도 날리게 생겼지만 그게 문제가 아니었다. 브라질에만 가면 방법이 생길 거 같았다.

"비행기 표 새로 사야 해요. 무조건 돈 더 내세요. 지금 못 나가면 2주일, 어쩌면 더 오래 갇힐지도 몰라요."

나는 사람들의 의견을 묻지도 않고 지금 당장 돈을 내놓으라고 윽박질렀다. 수십만 원을 더 내라는 말에 망설이는 사람이 꽤되었다.

"말이 이 주일이지 한 달 혹은 두 달 갇힐지도 모르고, 만일 여기서 코로나 걸리면 그 자리에서 죽어요."

으름장이 아니었다. 실제로 그랬다. 여기서 진찰 한 번 받으려면 보통 한 달 정도는 기다려야 한다. 병원이 많이 없기 때문이다.

"속절없이 죽으면 병원에서 보디백에 넣은 다음 바로 소각장으로 보낸대요. 감염병 환자이기 때문에. 돈 조금 더 내는 게 나아요."

긴가민가하면서도 전원이 돈을 냈다. 시차가 열두 시간이다 보니 한국은 한밤중이었다. 평소 알고 지내던 현지 여행사에 전화해서 브라질의 상파울루로 가는 외국 국적사 항공권을 사 달라고 부탁했다. 리우행이 아니라 상파울루행 표를 사 달라고 한 이유는 상파울루 공항이 더 커서 취항한 항공사가 많기 때문이었다.

"델타항공만 좌석이 있는데 한 장이 모자라, 그래도 살까?"

여행사 직원이 물었다. 우리 일행은 나까지 포함하면 모두 스무 명이다. 제비를 뽑자, 급한 사람 먼저 타자, 의견이 분분했다. 다행히 LA에서 합류한 남자 손님이 자기는 바로 미국으로 갈 테니 어느 도시든 미국으로 가는 비행기 표를 사 달라고 말했다. 나는 상파울루행 19장과 LA행 1장을 웃돈까지 얹어주고 샀다. 인터넷으로 사면 저렴하긴 하겠으나 필요한 만큼 좌석을 구하지 못할 위험이 있다. 다 같이 가는 게 무엇보다 중요했다.

여행사 매니저에게 티켓 값은 한국 대사관 직원인 마르띤에게 맡기겠다고 말하고 마르띤을 바꿔주었다. 몇 시간 동안 공항에서 이리 뛰고 저리 뛴 한국 대사관 직원들과 외상으로 표를 끊어주고 상파울루 호텔까지 예약해 준 여행사의 배려가 눈물겹게 고마웠다. 우리 앞에서 탑승이 취소된 한국 팀은 그제야 표를 구하기 시작했다. 추가 비용이 많이 들어가니까 의견 일치를 보기 어려웠던 모양이었다.

우여곡절 끝에 마침내 아르헨티나를 탈출하는 비행기에 올랐다. 비행기가 구름을 뚫고 창공으로 날아올랐는데도 여전히 조마조마했다. 설마 비행기를 돌리기야 할까 싶으면서도 자라 보고 놀란 가슴 솥뚜껑 보고 놀란다는 속담처럼 불안한 마음을 가누기 어려웠다. 상파울루 공항에서 택시를 타고 호텔로 갔다. 숙박비는 내가 현금으로 결제했다. 정신이 없기도 했지만, 손님들에게 또 돈을 내라고 할 염치도 없었다.

원래 우리 일정은 아르헨티나 쪽 이구아수 폭포에 가서 이름도 유명한 악마의 목구멍을 보고, 브라질 쪽 이과수 폭포에서 보트를 타고 폭포 밑으로 들어가서 폭포수를 맞은 다음 리우데자네이루로 가서 카니발을 구경하는 거였다. 감염병에 대한 우려 속에서도 리우 카니발은 예정대로 열리고 있었다. 부에노스아이레스와 이구아수 폭포를 못 본 대신 리우 카니발은 꼭 보아야 했다. 우리는 상파울루에서 하룻밤 자고 리우로 갔다. 상파울루－리우 비행기 표는 추가 비용 없이 회사에서 구해 주었다. 해질녘에 리우 공항에 도착했다.

　어둠이 깔리고 있었지만 감염병이 주는 불순한 기운은 어디에도 없었다. 맥주를 마시고, 환호성을 지르고, 키스하는 청춘 남녀가 거리를 메웠다. 손님들의 표정이 한결 밝아졌다. 코파카바나 해변에서 맥주를 마시고 삼바드로모에 가서 삼바 퍼레이드를 보면 이구아수 폭포를 보지 못한 아쉬움에서 벗어날지도 모른다. 까다롭게 굴거나 짜증을 내지 않고 묵묵히 내 뜻을 따라준 손님들이 고마웠다. 그들의 기분을 풀어주기 위해서라면 무슨 일이든 할 각오가 되어 있었다.

　설핏 잠이 들었는데 휴대폰이 울렸다. 서울 본사에서 온 전화였다. 상파울루에서 프랑크푸르트로 가는 노선이 곧 폐쇄된다는 소식이었다. 리우에서 최대한 빨리 나가야 한다는 거다. 리우

데자네이루-상파울루-프랑크푸르트-인천으로 연결되는 표를 이미 가지고 있었지만 모든 탑승 스케줄을 변경해야 했다.

리우 관광 일정이 취소되었다는 말에 손님들의 얼굴이 흙빛이 되었다. 사람들의 얼굴에 공포가 스며들었다. 숙박비를 또 날려야 했으나 숙박비가 문제가 아니었다. 상파울루에서 더 머물다가 바로 프랑크푸르트로 갈 것을. 하나 마나 한 후회를 하며 나는 입술을 깨물었다. 시국이 시국인지라 리우데자네이루-상파울루-프랑크푸르트-인천 항공편을 동시에 조정하는 건 불가능에 가까웠다. 코로나19 때문에 전 세계 항공사가 일대 혼란에 빠져 있었다. 어느 나라가 언제 국경을 닫을지 전혀 예측할 수 없었다. 일행이 동시에 나가야 하는데 리우에서 상파울루로 가는 표조차 아직 날짜 변경이 되지 않았다. 회사에서도 일행을 동시에 아웃시키기 위해 수단 방법을 가리지 않고 표를 구하는 중이라고 했다. 자리가 몇 개 부족하다는 연락이 왔다.

제비뽑기가 무슨 소용이 있으랴마는 일단 제비를 뽑아서 순서를 정하기로 했다. 제비를 뽑고 순서를 정하고 생난리를 치는 와중에 다행스럽게도 표를 모두 구했으니 떠날 준비를 하라는 연락이 왔다. 문제는 나였다. 나는 원래 손님들보다 며칠 늦게 아웃하게 되어 있었다. 그래서 내 표만 날짜 변경이 안 된다고 했다. 리우에서 다음 비행기가 나올 때까지 대기하라고 했다. 내가 어찌 되건 말건 손님들을 내보낼 수 있어서 다행이라 생각하며 공항에 가서 수속을 도왔다. 일행이 상파울루에서 무사히 프랑크푸르트행 비행기를 탔다는 카톡을 받았다. 안도의 한숨이 절로 나왔다. 손님들은 프랑크푸르트에서 아시아나 항공을 타고 인천으로 가면 된다. 아시아나는 우리나라 국적기니 탑승하는 데 문제는 없을 터였다.

호텔 방에 혼자 누워 곰곰 생각해 보니 이대로 리우에 있으면 안 될 거 같았다. 일행이 떠날 때 나도 짐 싸 들고 공항에 가서 "내 자리도 내 줘." 하고 떼를 썼어야 했다. 그러지 않은 게 비로소 후회되었다. 그때는 손님들 문제에 골몰해 나에 대해 생각할 겨를이 없었다. 온 세계가 동시에 문을 닫는 일이 생길 수 있다는 걸 몰랐다. 이전에는 이런 사태가 없었으니까. 풍문으로도 듣지 못했으니까. 처음이니까.

다음 날 아무래도 안 되겠다 싶어서 공항으로 갔다. 일정을 변경해 주는 카운터 앞은 북새통을 이루고 있었다. 항공사끼리 공유하는 시스템으로 자리를 잡아주는데, 이틀 후에 출발하는 네덜란드 국적의 케이엘엠 항공편으로 암스테르담 거쳐서 파리 거쳐서 대한항공을 타고 인천으로 가는 표로 변경해 주었다. 아, 다행이다. 나도 이제 집에 갈 수 있겠구나 싶었다.

출발하는 날 아침 일찍 공항에 갔다. 무슨 일이 또 생길지 모르니까 무조건 빨리 갔다. 그런데 케이엘엠 항공에서 수속을 안 해 주었다. 오늘 새벽 0시부터 유럽연합 내 국가 간 이동이 금지되었다고 했다. 암스테르담에서 파리로 가는 비행기 편이 아예 없었다. 암스테르담에서 바로 한국으로 가면 간단한데 방법이 없다고 했다.

아, 나는 어떡하냐고. 어떻게 집에 가느냐고!

나오느니 한숨이었다. 라탐 항공에 가서 표를 또 바꿔 달라고 부탁했다. 이번에 바꿔준 표는 런던에서 북경을 거쳐서 인천으로 가는 표였다.

"진짜 나 집에 갈 수 있는 거 맞지?"

몇 번을 물어본 다음 런던행 비행기에 올랐다. 다음 날 아침 히스로 공항에 도착한 나는 바로 환승 통로로 달려갔다. 에어차이나 항공을 타면 되는데 카운터에서 내 예약이 안 보인다고 말했다.

"안 보인다니? 라탐에서 분명히 예약을 해 줬는데….."

"라탐 항공 카운터에 가서 확인해 보세요. 그 방법밖에 없어요."

나는 부랴부랴 짐을 찾아서 수화물 보관소에 맡겼다. 히스로 공항은 터미널이 다섯 개나 되는 큰 공항이다. 하필이면 라탐 항공과 케이엘엠 항공의 터미널이 달랐다. 어떤 백인 여자가 라탐 항공이 있는 터미널 3이 폐쇄되었다고 말했다. 어찌해야 하나? 물으니 런던 시내에 있는 라탐 항공 사무소로 가라고 했다.

말도 안 돼! 어째 이런 일이? 그러나 낙담하고 있을 때가 아니었다. 일단 터미널 3에 가 보기로 했다. 폐쇄되긴 개뿔 열려 있었다. 자리를 받긴 받았는데 시간이 너무 촉박했다. 수화물 보관소에서 짐을 찾아서 미친 듯이 달려갔건만 게이트가 이미 클로즈된 뒤였다.

"이미 늦었어요. 당신은 비행기 못 타요."

"아까 타기로 했던 바로 그 비행기인데, 이리저리해서 겨우 왔는데, 왜 안 태워 주느냐고요."

"게이트가 이미 클로즈 되었고 카운터 직원들이 다 철수해 버려서 탑승이 불가능하다니까요."

사이보그처럼 표정 없는 얼굴의 앵글로색슨족 여자가 사무적으로 말했다. 아무리 사정해도 어쩔 수 없다는 말만 되풀이했다. 온몸의 맥이 다 풀렸다. 하는 수 없이 다시 터미널 3에 있는 라탐항공으로 갔다. 이번에도 중국 경유 편을 주려고 했다. 나는 얼마가 들어도 좋으니 한국으로 곧장 가는 비행기 표를 달라고 떼를 썼다.

라탐(LATAM) 항공 그룹은 칠레의 수도인 산티아고에 본사가 있는 지주 항공사다. 칠레 항공사인 '란 항공'과 브라질 항공사인 '탐 항공'이 2010년 8월 합병해 남미 최대 항공사가 되었다. 남미 대륙을 총괄하는 항공사지만 아직 중국에 사무소를 내지 않았다. 중국에 가서 문제가 생기면 해결할 방법이 없다. 내 성화에 못 이긴 직원이 대한항공으로 바꿔주었다. 5일 후에 출발하는 표였다. 하루라도 빨리 타기 위해 대기자 명단에 이름을 올렸다.

공항 근처 호텔에 투숙한 나는 좌석이 나오기를 기다리며 눈이 빠지게 스마트폰만 들여다보았다. 사흘째 되던 날 '대한항공 특별편 편성'이라는 글자가 눈에 확 들어왔다. 출발일은 내일이었다. 나는 바로 공항으로 달려갔다. 대한항공 카운터에서 "손님 표는 날짜 변경이 불가능합니다."라는 말을 들었을 때 정말이지 눈앞이 캄캄했다. 희망에 부풀었던 가슴이 순식간에 쪼그라들었다. 날짜 변경은 오직 라탐 항공에서만 가능하다고 했다. 라탐 항공 카운트로 달려가서 표를 바꾼 다음 호텔에 가서 잤다. 다음 날 아침 체크아웃하면서 프런트 직원에게 말했다.

"내가 돌아오지 않으면 비행기 타고 집에 간 거고, 비행기를 못 타면 다시 돌아올 거야."

그날 나는 호텔에 돌아가지 않았다. 미리 지불한 숙박비는 아직 1박이 더 남아 있었다.

비행기 날개에 그려진 태극 문양을 보는 것만으로도 목이 멨다. 그동안 얼마나 마음을 졸였던가. "안녕하세요."라는 여승무원의 인사말이 천상에서 들려오는 노랫소리 같았다. 순간 뜨거운 덩어리가 목젖을 타고 올라왔다. 치밀어 오르는 서러움을 꿀꺽 삼키며 캐리어를 선반에 올리고 의자에 앉아서 안전띠를 맸다. 등받이에 기대자 눈이 스르르 감겼다. 이리 뛰고 저리 뛰던 내 모습이 환영처럼 떠올랐다. 수도 없이 비행기 표를 바꿨던 일이 먼

옛날의 일 같았다. 부에노스아이레스 공항에서 우왕좌왕했던 일, 짐을 찾고, 다시 맡기고, 다시 찾아서 비행기에 오르고….

몹시 피곤한데 잠은 오지 않았다. 닫힌 눈꺼풀 아래서 눈동자가 이리저리 움직였다. 전대미문의 큰일이 났다는 깨달음이 비로소 왔다. 온 나라가 하루아침에 국경을 닫다니. 지난 20여 년간 수많은 공항을 드나들었다. 영어와 스페인어도 웬만큼 구사한다. 그런데도 집으로 돌아가는 길은 험난하기만 했다. 내 방에 몸을 눕히기 전까지는 안심할 수 없었다.

아기 울음소리가 상념을 깼다. 눈을 뜨고 고개를 돌려 소리의 진원을 찾았다. 일가족으로 보이는 네 명이 오른쪽에 나란히 앉아 있었다. 삼십 대 후반으로 보이는 남자와 여자, 대여섯 살 먹어 보이는 계집아이, 두 살 정도 되는 남자아이가 일행이었다. 남자아이가 큰 소리로 울고 있었다. 울어서 얼굴이 빨개지기도 했겠지만 열에 들뜬 모습이었다. 스튜어디스들이 아기의 체온을 재고, 해열제를 먹이고, 물수건을 가져다주느라 부산하게 움직였다. 혹시 코로나19? 내게 전염되면 어쩌지? 이래저래 불안했다. 이제 겨우 집에 돌아갈 수 있게 되었는데, 따뜻한 방바닥에 등을 대고 누워서 며칠이고 잠들고 싶은데, 이상한 병에 걸리기 싫은데….

비행기가 인천공항에 착륙하자마자 서둘러 내렸다. 3일 이내에 선별검사소에 가서 바이러스 검사를 받으라는 지시 외에 다른 규제 사항은 없었다.

집으로 돌아와 씻고 잠이 들었다. 간간이 물을 마시고 화장실에 가서 소변을 보았을 뿐 밥도 먹지 않고 잠만 잤다. 정신을 차려보니 하루 반이 훌쩍 지나 있었다. 냉장고 안에 있는 건 생수와 마른 누룽지뿐이었다. 냄비에 누룽지와 물을 넣고 중간 불로 끓였다. 구수한 냄새를 맡는 거만으로도 행복했다. 마침내, 드디어 집으로 돌아왔구나. 나는 무사하구나. 누룽지 한 그릇이 주는 행복이 더없이 컸다. 삶은 누룽지는 김치나 다른 반찬 없이도 술술 잘 넘어갔다. 그리고 또 잤다. 다음날에는 분식집에서 라면을 사 먹었다. 탄력 있게 씹히는 면발과 얼큰하면서도 감칠맛 넘치는 국물 맛이 일품이었다. 라면은 역시 한국 라면이 최고야.

열도 나지 않고 기침도 하지 않았지만 3일째 되는 날 선별진료소에 가서 코로나바이러스 검사를 받았다. 양성이었다. 나는 구급차에 실려 코로나 전담병원으로 이송되었다. 증상이 없다고 하니 의사가 X-Ray를 찍어보자고 했다.

"예전에 결핵 앓은 적 있어요?"

고개를 갸웃거리며 의사가 물었다.

"아니, 없는데요."

결핵을 앓은 적이 있는 사람처럼 폐가 부옇게 나왔다고 했다. 머리끝이 쭈뼛 설 만큼 무서운 말이었다. X-Ray를 믿을 수 없어서 CT를 찍겠다고 했다. 바이러스에 공격당한 흔적이 여기저기 보였다. 열도 나지 않고 기침도 나오지 않고, 근육통이나 다른 통증도 없고, 설사하거나 소화가 안 되지도 않았다. 숨 쉬는 것만 조금 힘들었다. 무증상 감염자. 증상은 없지만, 바이러스 검출량이 많아서 슈퍼 전파자가 될 사람. 그게 바로 나였다. 나는 산소 호흡기를 달고 3주일이나 입원했다.

퇴원해서 집으로 돌아왔을 때 세상이 완전히 달라져 있었다. 거리 두기가 시행되었고, 국가 간 이동도 금지되었다. 사망자가 많아서 냉동 컨테이너에 시신을 보관한다는 나라도 생겼다. 이전에 살던 세상과는 확연히 다른 낯선 세계였다.

일 년 전에는 집에 가는 거 외에 다른 소원이 없었다. 집에 가기만 하면 모든 문제가 해결될 줄 알았다. 온갖 난관을 극복하고 집으로 돌아왔지만, 코로나바이러스와 싸워서 이겼지만, 나를 기다리고 있는 건 실업이라는 새로운 터널이었다. 회사는 이미 문을 닫았다. 프리랜서였던 나는 국가로부터 어떤 지원도 받지 못했다. 전 국민에게 주는 공적 지원금 20만 원과 서울 시민 모두에게 주는 재난지원금 30만 원이 전부였다.

새로이 맞닥뜨린 터널의 입구는 넓고 넓었다. 수많은 사람이 나와 함께 터널 속으로 걸어 들어갔다. 내 곁에서 걷는 사람이 많아서 다행이라는 생각은 들지 않았다. 내 손을 잡는 사람도 없었고 나도 다른 사람의 손을 잡지 않았다. 혼자 가야 하는 길이었다. 블랙홀처럼 캄캄한 이 터널이 얼마나 긴지, 얼마만큼 나아가야 빛과 조우할 수 있을지 짐작조차 할 수 없었다. 내 힘으로는 헤어날 수 없는 암울하고 광대한 터널이었다. 언제쯤 다시 길잡이가 되어 손님들을 모시고 이 나라 저 나라를 여행하게 될까. 숨쉬는 게 예전 같지 않으니 고산지대가 많은 남미 대륙에는 못 갈지도 모른다.

코로나바이러스와 싸워서 이겼을 때 몹시 기뻤다. 우울감에 빠질 걱정 같은 건 하지 않았다. 그러나 일상이 멈추고 집 안에 갇혀 있는 시간이 길어지자 점점 우울해졌고 수면 장애를 겪었다. 의사는 내 병을 코로나 블루라고 부르며 항우울제와 수면제를 처방했다. 산책하고 책을 읽으며 버텨 보려고 했지만 사소한 일에도 짜증이 나고 화가 치밀었다. 이번에는 의사가 코로나 레드라고 했다. 그는 항불안제를 추가로 처방했다. 저축했던 돈을 다 써버린 지금 나는 좌절과 절망에 빠져 있다. 구원의 빛이 어디에서도 보이지 않아서 암담하기만 하다. 이런 나에게 의사는 코로나 블랙에 갇혔다고 말하며 공격성과 충동성을 줄여주는 약물을 추가하겠다고 말했다. 그러나 그는 내가 갇힌 긴긴 터널의 끝이 어디쯤인지는 알려주지 않았다.

이마를 스치는 바람을 타고 싱그러운 솔 향기가 밀려온다. 평화롭고 안온한 봄날 오후다. 마스크 때문에 맑은 공기를 마음껏

들이마시지 못한다 생각하니 짜증이 솟구쳐 오른다. 길에서 벗어나 언덕으로 올라간다. 나는 왜 이런 신세가 되었을까? 전문직이나 정규직이 되지 못한 내 탓일까? 어떤 상황에서도 굳건히 보호받는 그들이 부럽다 못해 울화가 치민다. 소담스럽게 피어 있는 진달래도 밉다. 꽃잎을 마구 쥐어뜯는다. 어느새 중년 여인이 된 나는 알바 시장에서조차 설 자리가 없다. 새로운 일을 시작하기에는 나이가 너무 많다. 의기소침해진다.

양지쪽 산책로의 벚꽃은 이미 활짝 피었다. 벚나무 아래를 걷는 내 발걸음이 헛헛하다. 고개를 든다. 만개한 꽃잎 사이로 파란 하늘이 점점이 보인다.

봄날은 그렇게 홀로 아름다웠다. 그러나 속절없이 아름다운 이 봄날이 내게는 오히려 낯설기만 했다.

(『월간문학』 2021년 12월호)

작품해설

개인과 개인의 '틈'에서 읽어내는 사회적 상상력의 세계
─이현신 소설집 『10cm』

김성달(문학평론가)

1.

이현신 작가의 소설집 『10cm』는 개인과 개인의 미세한 틈을 통해 발견해 낸 사회문제를 집요하게 파고든다. 그 집요함은 구체적인 현장감 묘사의 생생함으로 발현되어 소설을 시종일관 긴장감 있게 읽히게 만든다. 사회문제를 다루면서도 그 속에 함몰되거나 퇴행하는 부정적인 모습이 아니라, 현대를 살아가는 개인의 개체성을 바탕으로 만들어진 기억의 서사와 그 이면에서 작동하는 내면의 갈등을 통해 사회가 만든 거대한 질서를 성찰하고 있다. 그것은 개인의 불행을 개인의 불행이 아닌 사회의 불행으로 포착하고 상상하는 작가의 포괄적인 능력 때문이다. 과거 소설은 현실의 가치를 통섭하고 그것에 실질적인 영향력을 행사하는 메타적인 위치에 있었다. 하지만 언제부터인가 명맥을 이어가기 위해 그 자리에서 내려와 개인의 내면만 바라보면서 지극히 협소화되고 폐쇄화되었다. 그 폐쇄성이 미학적 가치의 추구로 이어져 고착화 되었는데, 이현신의 소설집『10cm』는 그 한계를 예민하게 포착하고 대처하고 있다는 점에서 충분히 문제적이다.

이현신 작가의 소설은 지극히 개인적인 일상을 말하는데도 그 자체에 국한되지 않고 또 다른 차원의 폭넓은 의미론적인 자장을 만들어 낸다. 사회에 대한 폭넓은 작가의 관심사에 기인한 것인데 작가는 굳이 그런 자의식을 숨기지 않고 드러낸다. 그 결과 소설에서 해외입양아, 빌라 이웃, 심리상담사, 손을 다친 환자, 의사, 몸의 자율성을 잃은 남자, 골프장 캐디, 여행사 직원 등 다양한 인물 형상이 자기 반성적 진술의 알레고리로 등장한다. 작가는 여러 가지 방식으로 소설 곳곳에 그들의 자의식을 침투시키면서, 스스로의 자의식을 믿는다. 그 믿음이란 강요된 가치 안에서 자기 자신의 이성만으로도 사회의 부정성에 침해당하지 않는 나를 정립할 수 있다는 태도이다. 그래서 소설에서 이따금 등장하는 전문가적인 소견이나 그에 대한 논평 역시 그 자체로 자의식을 연출하는 중요한 장치로 작용한다.

『10cm』소설 인물들은 저마다의 고독과 아픔을 숙명처럼 안고 살아가지만 그것을 그리고 있는 작가의 시선은 결코 그 속으로 함몰되지 않는다. 작가의 그런 시선이 만들어 내는 상대적 거리에 힘입어 이 소설은 배려 없는 세상에 짓눌린 외롭고 슬픈 삶을 이야기하면서도 우리 사회를 돌아보게 만드는 힘을 지닌다. 대항할 수 없이 큰 타자가 만든 질서 속에서 살아가는 개인의 진실을 반영하려고 노력하는 인물들은 과도한 연민에 휩쓸리지 않으면서도 사회 속 낯선 현실과 대면하기를 주저하지 않는다. 그 과정에서 억압되어 온 개인의 욕망과 소소한 일상이 종합적 현상으로 나타난 인물들의 주체적인 자아가 돋보인다. 그 자아는 자기 자신의 의식과 행위의 질서를 스스로 정립하면서 사회로 눈을 돌려, 개인과 개인 혹은 몸의 미세한 틈 속으로 들어온 사회의 어두운 그림자를 미학적으로 돌려세우는 진화로 성취되고 있다. 그래서 개인과 개인이라는 좁은 틈을 통해 단편적이고 분산적인 징조로만 드러나는 사회현상을 하나둘 수렴해 가는 수공예적인 작가의 작업은 충분히 사회적 상상력의 알레고리로도 읽힌다.

이현신 작가의 소설은 개별성의 주체가 구축한 개인 그 '틈'의 망막에 타자가 비추이기 시작하고, 사회로 향한 응시가 비추이기 시작하는 자아를 여실하게 보여주고 있다. 거대한 사회의 질서 앞에서 어쩔 수 없이 무력하고 보잘 것 없는 존재라는 사실에 대한 자각을 통해, 감당하기 힘든 세계의 진실과 정직하게 대면하는 인물들의 고통스러운 자기성찰이 값지다. 사회와 타인이 만든 혹은 만들어진 질서에 대한 체념적 순응과 타협으로 이끌려가지 않으면서, 스스로를 제약하는 타자의 질서에 민감하게 반응한 개성적인 상상력의 성격들을 창조하고 있다. 사회 혹은 타자의 견딜 수 없는 압박을 나름의 행동과 어법으로 받아내고 있는 이현신 작가의 소설은 자기 자신을 어느 것에도 내어주지 않고, 자신만의 운명을 견디며 스스로 자신의 삶을 서술하면서도 결코 폐쇄적이지 않다. 그래서 삶의 모습이 각기 다른 개체의 삶이 서로 공명하면서 만들어 내는 사회적 상상력의 산물로 읽히는 것이다.

2.

「달래꽃」은 해외입양아를 소재로 다룬 소설로 바르샤바 대학 문학부 박사과정의 여성이 화자이다. 한국에서 티나를 입양한 폴란드 양모는 티나가 생모를 만나면 대화를 해야 한다며 한국어를 가르치려고 한다. 하지만 곤충을 좋아하고 지적인 호기심이 가득한 여덟 살 꼬마 티나는 한국말을 가르치려는 나에게 적대적이고 수업에 비협조적이다. 바다와 엄마라는 말에 민감한 반응을 보이면서 틈만 나면 콧노래를 흥얼거린다. 나는 그 노랫말이 달래꽃인 줄 알고 달래꽃이라고 알려 주려고 하지만 아이는 스케치북을 찢으며 거부한다. 그런 과정을 겪으면서도 한글의 자음과 모음을 다 익힌 아이는 가족 관련 낱말을 가르치려고 "엄-마"라고 하자 갑자기 주먹으로 나를 때리고 달려 나가더니 선생님이 자기를 때린다고 엄마에게 모함하기도 한다. 나는 그런 티나가 밉기도 하지만 그애가 애잔하게 부르는 노래가 달래꽃이 아니라 달레꼬

라는 것을 알게 되면서 티나를 안아주고 싶다. 달레꼬라는 노래
는 2차 대전 당시 어머니가 폴란드 사람인 러시아 병사가 폴란드
로 파병되어 외갓집을 보며 어머니가 그리워 부른 노래이다. 양
모는 티나가 보챌 때마다 등에 업고 살구나무 아래에서 달레꼬를
불러주었다고 한다. 한국동화 『진짜 엄마 가짜 엄마』를 읽던 티
나가 미간에 날을 세우고 달려들어 내 가슴과 얼굴을 마구 때리
고는 집을 뛰쳐나간다. 아파트 뒤편 재활용품을 모으는 창고 책
상 아래에서 티나를 찾은 나는 그 밑으로 들어가 숨도 쉬지 못할
정도로 티나를 꽉 껴안고 자장가를 부르듯이 나지막하게 달레꼬
를 부른다. '달레꼬, 달레꼬, 자 모젬 달레꼬(멀리, 멀리, 바다 건
너 멀리)'.

　　나는 아이의 이마에 가볍게 입을 맞춘 후 작게 속삭이기 시
작했다. 주위에 사람도 없었고, 있다한들 한국말을 알아들을
리도 없었지만 나는 일부러 목소리를 낮추었다. 은밀한 이야
기, 은밀하니 분명 소중한 이야기라는 느낌을 티나에게 주고
싶었다. 다소 가라앉았지만 그래서 거짓이 아닌, 진실이라는
인상, 그래서 결코 이기심도 아니고 악도 아닌, 진실이라는 인
상을 주고 싶었다. 티나가 까만 눈동자를 굴리며 똑같이 까만
내 눈을 들여다보고 있었다. 그러니까 티나… 목이 메었지만
나는 계속 말을 이어나갔다. 아이가 알아들었는지 못 알아들
었는지 알 수 없었다. 그러나 끝까지 말하기로 했다. 책상 아
래 작은 공간을 티나와 나만의 비밀로 가득 채웠다. 비밀은 팔

234

짱을 끼지도 않고, 스케치북이나 쿠키를 던지지도 않는, 착하고 부드러운 선율로 가득 찼다. 그러니까, 티나… 나는 말할 수 있는 모든 것을 말했다. 비밀은 여기까지, 나도 모르게 주르르, 눈물이 흘렀다.(「달래꽃」)

나는 책상 밑에서 티나에게 너를 이렇게 먼 곳으로 오게 해서 미안하다고 사과하면서 "한국 엄마는 죽었을지도 몰라, 티나, 그런데 한국 엄마는 가짜야. 살구나무 아래에서 너를 업고 달레꼬를 불러준 엄마가 진짜 엄마란다."라고 말해준다. 솔직해지는 것만이 아이의 상실 감각을 채우는 이해 깊은 위로가 되고, 슬픈 자기 위안이 된다는 것을 알기 때문이다. 출구 없는 막막함 같은 감정이 가득한 이 소설은 아이 앞에서 적당히 희망이나 믿음을 말하는 것 자체가 상투적인 자기기만이라는 '나'의 현실감각과 인식이 오랫동안 가슴에서 지워지지 않는다. 자칫 태생에게 가해지는 일방적이고도 허무주의적인 운명론으로 비약하지 않으면서도, 불가항력적인 삶의 조건 앞에서 자아를 응시하는 존재론적 비감이 배면에 깔린 격조 높은 소설이다. 뿐만 아니라 '나는 아직도 아기들을 해외에 내보내는 대한민국에 화가 났다. 티나 같은 아이를 21세기에도 봐야 하다니…. 전쟁이 난 것도 아니고, GDP가 세계 12위나 되는 나라에서. 실망했고, 속이 상했다'는 전언을 통해 해외입양이 과거의 일이 아니라 현재에도 일어나는 현실이라는 것을 강하게 주지시키고 있다.

「틈」은 낙원빌라 입주민들 사이에서 일어나는 갈등을 통해 타인과 코로나19 시대의 사회를 사유하는 소설이다. 낙원빌라 501호에 사는 순영은 502호에 사는 귀례 씨와 사이가 좋지 않을 뿐만 아니라 302호 여자와도, 총무와도 그렇다. 낙원빌라를 둘러싸고 일어난 크고 작은 일들 때문이다. 코로나19 확진자가 된 귀례 씨와 그의 가족이 끌려간 다음 날 502호가 빈집이 되자 순영은 501호 자신의 집 문이란 문을 죄다 연다. 바이러스 때문에 세상이 혼란에 빠졌지만 아이러니하게도 바로 그 바이러스 덕분에 순영은 처음으로 불안이나 공포 없이 한밤중에도 현관문을 열어둘 수 있게 되었다. 앞집이 빈집이 되었기 때문에, 확진자가 나온 낙원빌라에 오려는 사람이 아무도 없었기에 가능했다. 그동안 누군가가 곁에 있어 주기를 바라고 외톨이가 되기가 두려워 타인의 비위를 맞추던 순영은 더없이 자유롭다. 군중 속에 섞이지 못한다는 사실에 열등감을 느낄 필요가 없고 소외감에 몸을 떨지 않아도 된다. 은밀하면서도 포근한 희열에 순영은 두 팔을 활짝 벌려 바람을 맞이한다. 하지만 병원에 격리되어 있던 귀례 씨가 그곳을 탈출해 502호 돌아온다. 그때부터 순영은 불안과는 다른 위기감이 엄습해 현관문과 창문이란 창문을 모두 닫는다. 요란한 사이렌 소리가 들리고 계단을 뛰어 올라오는 구둣발 소리가 들리더니, 안 가겠다는 귀례 씨의 고함과 옥신각신하는 소리가 한참 들리고, 귀례 씨가 체포되어 병원으로 돌아가는 과정이 온종일 뉴스를 뜨겁게 달군다.

502호가 다시 빈집이 되었지만, 순영은 차마 현관문을 열지 못했다. 바이러스보다 더 무서운 게 있다는 걸 깨달았기 때문이다. 초초 미세한 틈만 있어도 흘러드는 편견과 혐오가 코로나바이러스보다 더 빨리 더 넓게 세력을 확장하고 있었다. 순영이 자신을 가두었던 건 물리적 벽이었지만 그 너머에 더 많은 유무형의 완고한 벽이 있었다. 순영은 순영대로, 귀례는 귀례대로, 총무는 총무대로, 건축주는 건축주대로, 각자 자신의 벽에 갇힌 셈이었다. 스스로 만든 벽에 갇혀 사는 게 참된 삶이란 말인가. 인간의 적이 인간이라는, 외면하고 싶었던 명제가 진실이었든가, 햇빛만으론 안 될 거 같았다. 현관문을 닫는다고 해결될 문제는 더더욱 아니었다. 망연히 서 있던 순영은 포장용 테이프를 몽땅 꺼냈다.(「틈」)

타인에 대한 불순한 혐오와 괴팍한 편견이 바이러스와 함께 틈새를 비집고 스며든다 해도, 그 틈이야말로 사회적 동물인 인간의 숨통이라는 깨달음의 여운이 오래도록 머무르는 소설이다. 바이러스라는 그 불가항력적인 힘에 대한 슬픈 수긍이자, 타인이나 이웃은 냉소나 위악적인 부정으로 지워버릴 수 없는 거대한 실체라는 것에 대한 자각이다. 즉 존재란 그것을 부정하려는 의지까지도 삼켜버리는, 그 앞에서 모든 것이 무력화되는 것이며, 그것을 깨달은 순간에 현실 너머에는 다른 것이 있을 수 없다는 자각과 함께 더불어 하는 삶의 공존을 생각하게 만든다. 무엇보다도 코로나바이러스의 지속적인 위험에 노출된 현실과 삶에 대한 사유의 폭과 범위를 넓혀가지 않으면, 그리고 공존하는 사회를 위한 열린 사유를 계속하지 않으면 필히 있을 수 있는 위험을 피해갈 수 없다는 경고로 읽히는 값진 작품이다.

「다다음 생에도」는 친구 명훈의 옆에서 그를 관찰하는 상담심리사가 화자인 소설이다. 감정을 드러내지 못하고, 신뢰나 헌신을 사랑과 혼동하는 명훈과 그를 웃게 하는 유일한 여자의 감정선이 밀도 높은 긴장감으로 나타나는 작품이다. 아버지와 어머니의 불화와, 아무것도 하고 싶지 않다는 딸, 자신에게 도통 관심이 없는 아내를 견디면서도 늘 가족에 매여 있는 명훈은 만성 두통에 시달린다. 명훈은 거래처의 서 이사만 보면 웃음이 나오지만, 그녀는 명훈이 자신을 이용한다고 생각한다. 명훈이 툭하면 가족을 앞세우며 그녀에게 최소한의 예의를 지키지 않았다는 것이다. 상담사인 화자가 본 명훈은 '감정적인 교류를 원하는 사람에게 상처를 준다. 자신의 상처와 같은 상처를 상대에게 주었을 거고, 상대방에게 준 상처가 다시 자신을 겨누는 칼날이 되게'하는 성격이다.

　　매직미러 너머로 보이는 사람은 명훈이었다. 명훈은 벽에 걸린 푸른색 캔버스를 뚫어져라 쳐다보고 있었다. 창문도, 창밖의 나무도, 커튼 뒤에 숨어서 비밀스러운 입맞춤을 하는 남

녀까지도 모두 파란색인 그림은 뭉크가 유부녀와 은밀한 사랑
에 빠졌을 때 그린 것이다. 완전히 하나가 되고 싶다는 갈망은
이목구비 없이 뭉쳐진 남녀의 얼굴로, 용인 받지 못하는 사랑
은 우울한 푸른색으로 표현되었다.(「다다음 생에도」)

    소설은 결과적으로 작가가 의도하던 혹은 의도하지 않던 형식
이나 내용으로 인해 생성되고 그 이면에 감추어진 무엇인가를 발
화시키는 것인데, 이 소설은 그런 은유가 뛰어난 작품이다. 서 이
사를 통해 클래식을 듣거나 하는 명훈의 다른 모습을 본 심리상
담사인 화자는, 명훈의 자의식을 통해 사회적 관습과 커뮤니케이
션을 거부하고 주어진 삶의 궤도의 황량한 바깥으로 자신을 내던
져 자발적으로 고립되고자 하는 충동을 보아 낸다. 삶의 한가운
데로 소리 없이 비집고 들어온 용인 받지 못한 사랑을 무심과 허
심을 가장한 채 속절없이 바라보기만 하는 명훈이 보여주는 막막
한 슬픔이 작품 전체를 지배하고 있다. 명훈이 세상에 대해 느끼
는 자아감각은 우리 사회에 만연한 상실의 고통에 더욱 예민하게
귀를 열고 숙고하게 만드는 인식과 감각의 토대로 자리매김한다.
    「손」은 손으로 살아가는 사람들의 이야기이다. 물건을 만드는
재주가 남다른 아버지의 손재주를 물려받은 나는 편직공장에서
일하다가 기계에 엄지손가락을 잘려 봉합수술을 하지만 자꾸 어
긋나 열 번째 수술을 앞두고 있다. 뱃살이 손가락에 살을 나눠주
기를 바라면서 신경이 죽은 부위를 잘라낸 손가락을 복부에 심기

까지 한다. 이런 나를 보며 안타까워 어쩔 줄 몰라 하는 남편은 화원에서 꽃을 보살피는 손을 가진 남자인데, 자신이 화원을 말아먹는 바람에 아내를 편직공장에 내보냈다가 이런 봉변을 당하게 했다고 자책한다. 그가 추천한, 꽃말이 정열인 부겐빌레아를 키우던 나는 나무에 세심하게 정성을 기울이는 사람의 심성이 나쁠리가 없다고 생각해 그와 결혼했다.

　　눈앞에 손들이 어른거렸다. 씨앗을 심는 손, 묘목의 뿌리를 자르는 손, 화분에 옮겨 심는 손, 물을 주는 손, 모양을 잡기 위해 나뭇가지에 철사를 감는 손, 나뭇잎을 닦는 손, 손가락 끝이 살짝 뒤집히는 손, 손재주 있게 생긴 손, 가무잡잡하지만 내가 사랑하는 남편의 손. 그리고 내 손. 뜨개질하는 손, 나물 무치는 손, 걸레질하는 손, 빨래하는 손, 엄지가 잘린 나의 손.(「손」)

누구의 손이든 예쁜 손보다 일하는 손이 보기 좋다고 자신을 달래며, 무엇인가를 창조하는 손이 가치 있다고 믿고 있는 나는 반만 남은 오른손 엄지를 달고 퇴원한다. 집 안에 들어서던 나는 깜짝 놀란다. 거실에 놓인 적송이 이상하다. 몸통에서 뻗어 나간 다섯 개 가지 중에서 엄지에 해당하는 가지가 잘려 있다. 소나무뿐만 아니라 모든 나무의 가지가 반쯤 잘려 있다. 남편이 나를 위해 그렇게 한 것이다.

손의 사회학으로도 손색이 없는 소설이다. '내 손가락에 장해를 입힌 건 손가락의 기능을 높여 주기 위해 만들어진 기계'였다는 말은 산업화 사회의 폐부를 찌르는 전언이다. 사회에서 소외될 수밖에 없는 현실이 신체에 깊이 각인되는 순간이기도 하다. 이 소설에서 엄지손가락이 잘린 손이 개인의 인식과 지각을 넘어서는 거대하고 불가지한 힘으로 변화하는 과정을 무방비로 받아내야 하는 화자의 심적 묘사가 압권이다. 어찌해 볼 도리 없는 위력으로 개인의 삶을 짓누르는 사회에 대한 자각을 무리 없이 형상화한 작품으로도 읽힌다. 복부에 손가락을 심은 장면은 작가가 불가지한 세계를 이해하기 쉬운 형태로 나타내는 나름의 방법으로 활용하고 있어, 소설의 거리감을 당기는 효과를 발휘하고 있다. 자기연민 없이 어떠한 수동적 정념에도 흔들리지 않으면서 엄지손가락 소멸의 공포를 견디는 화자의 모습을 약여하게 그리고 있는 소설이다.

표제작인 「10cm」는 서른네 살의 영상의학과 의사 윤주와 그의 연인이자 선배 의사인 경민의 이야기이다. 골육종 초기인 경민에게 수술을 권하는 윤주와, 그럼에도 양성종양 환자를 수술해야 하는 경민의 고민이 생생하게 살아 움직인다.

경민은 마취된 채 평온하게 누워 있는 FD환자를 맞았다. 환자와 경민과의 거리는 대략 10cm. 결정을 위한 거리치고는 너무 짧았다. 모든 가능성을 열어 두었지만 다리를 자르는 것이 좋겠다는 윤주의 말이 귓전을 맴돌았다.(「10cm」)

　(중략)

　소독된 장갑을 낀 김 교수가 양팔을 니은 자로 들고 서서 경민을 내려다보고 있었다. 감정이 담기지 않은 냉정한 눈빛이었다.

　그의 손끝에서 경민의 다리까지, 그의 인생에서 경민의 인생까지는 고작 10cm밖에 안 되는 거리였다. 그러나 그 짧은 거리가 삶과 죽음의 거리만큼 멀어질 수도 있었다.(「10cm」)

　의사는 마음은 나누되 주관은 잃지 말아야 하는데 자주 환자와 자신을 동일시하던 경민은 결국 환자가 되어 수술대 위에 눕는다. 이 소설은 바라보는 나와 보여지는 나의 분리가 오히려 연결로서의 삶을 꾸준히 살아가는 현실을 되짚어 보여주고 있다. 바라보는 나는 삶의 바깥을, 보여지는 나는 삶의 안을 발견하는 상징으로 읽혀 의미심장하다. 관계와 몸에 대한 성찰을 실어 나르는 이야기가 수렴되는 중요한 지점은 바로 '거리'이다. '10cm'라는 거리는 이 작품의 의미를 구조화하고, 거리를 둘러싸고 형성되고 있는 의미론적 그물망을 아주 촘촘하게 기워내어, 그 안에서 발견하는 삶의 숨결을 재발견하고 있다. 그 현장이 자칫 비현실적으로 비칠 수도 있는데도 작가는 그 안에 숨어 있는 나름의 민감한 현실감각을, 그리고 그 현실에 맞서는 자아의 응시를 직절하게 그려내고 있다. 이 작품에서 작가가 보여주는 '바라보는 나'

와 '보여지는 나'의 모습이 서로를 반사하고 모방하면서 순환하는 설정은 견디기 힘든 자아의 고독을 극단적으로 재확인하는 제스처이다. 그러면서도 다른 한편으로는 역설적으로 냉혹한 세상에 맞서 살아남으려는 의지를 확인하는 상징적 의식이기도 하다.

「선線」은 돌연사한 친구의 장례식장에서 그의 마지막을 지킨 여성을 보는 순간 덮치는 감정에 몸을 가누지 못하는 남자가 화자이다. 표면적으로는 육체의 욕망적인 사랑에 관한 소설로 보이지만 몸에 대한 자각을 순도 높게 표현한 작품이다.

> 몸을 돌려 그녀를 보았다. 햇살 탓인지 그녀의 얼굴이 조금 밝아진 거 같았다. 생을 다하는 순간까지 그녀가 친구의 흔적을 지우지 못하리라는 예감이 들었다. 그 사실을 깨닫는 순간 몸에 힘이 빠지며 다리가 후들거렸다. 바람에 실려 오는 그녀의 체취는 이성을 마비시킬 만큼 묘한 향기를 지니고 있었다. 몸이 먼저 알아채고 꿈틀거렸다. 주검의 흔적이 겹겹이 쌓인 묘지에서 슬퍼서 더 아름다운 여인을 태식의 몸이 원하고 있었다. 이런 곳에서 이런 순간에 여인을 품고 싶어 하다니? 제 정신인가? 태식은 어이가 없어 헛웃음이 나왔다.(「선(線)」)

태식은 친구와 그녀가 어떤 사이였는지, 결혼을 했는지, 아이는 있는지, 아는 게 없지만 그 여자만 생각하면 발기가 된다, 그 때문에 창피하기도 하고, 화도 나고, 아프기도 해서 몸이 공중분해라도 되었으면 싶다. 육체의 통증보다 이성의 지배를 받지 않으려는 본능 때문에 화가 난다. 태식은 처음으로 남자의 삶에 대해 생각했지만 그녀를 만나면 몸이 제멋대로 꿈틀거리며 이성을 비웃는다. 그런 몸이 마음을 불렀고, 육신이 일으킨 파동이 감성을 건드리면서 마침내 청춘 시절보다 더 설레고 그리운 감정에 사로잡히고 만다. 그녀를 만나기 전까지만 해도 태식은 노후를 어떻게 보낼지, 전원생활을 할지 말지, 죽음을 어떤 방식으로 맞이할지, 재산을 자식들에 사전 증여하는 게 좋을지 등의 소박한 고민을 하던 소시민이다. 태식은 그녀와 함께 사할린으로 여행을 떠나 그곳에서 몸도 섞는다. 하지만 몸을 섞을 때조차도 태식에게 눈길을 주지 않던 그녀는 귀국해서 태식의 전화를 받지 않고, 그럴수록 태식은 애가 탄다.

이 소설은 몸이라는 주제의식과 그것을 통해 암시되는 작가의 인식과 태도가 아주 각별하다. 몸에 관한 사유를 한층 응축되고 완성된 형태로 보여주고 있는데 그것은 삶의 욕망에 대한 자각이자 표현인 것이다. 즉, 스스로 통제할 수 없는 상태에 놓인 육체를 통해, 그 육체 안에 깃든 시간을 표현하고 깨닫고 싶은 것이리라. 이것은 육체에 종속될 수밖에 없는 인간 숙명의 재발견일 수도 있는데, 그 중심에 있는 것이 친구의 갑작스러운 죽음이다. 주검으로 존재하는 친구는 곧 흐릿해져 사라져 버리겠지만, 태식의 욕망은 그 존재의 슬픔과는 딴판으로 자신을 강렬하게 사로잡고

있다. 태식은 그것이 숙명이라고까지 믿는다. 이 작품에서 무엇
보다도 중요한 것은 몸의 통제 불가능성에 대한 공포스러운 자각
과, 몸 안에 살아 숨 쉬는 그 욕망에 뒤섞인 체념과 비감을 잡스럽
게 몸을 섞어 형상화한 것이다. 그래서 「선線」이라는 제목이 더
욱더 피부에 와 닿는 것인지도 모른다.

　「은밀하게」는 화장실 있는 집에서 사는 게 소원인 청년이 화
자이다. 나는 화장실을 사용하기 위해 성당에 가지만 간혹 털어
내지 못한 감정이 쌓일 때도 성당에 간다. 엄마는 아예 없고 아버
지는 실종되어 할머니와 둘이서 살고 있는 나는 골프장 캐디 일
을 하면서 화장실과 부엌이 있는 방으로 이사가게 해달라고 기도
하지만 하느님은 감감무소식이다. 골프장을 소개해 준 친구는 그
런 내 모습을 보며 '먹고 사는 거 말고 더 큰 문제에 관심을 좀 가
지라며' 잔소리를 하지만, 나는 '나만의 화장실을 가지게 된 이후
에 다른 문제에 신경을 쓰겠다고' 한다. 그러면서도 친구로부터
골프장에 뿌리는 농약 성분 가운데 '아트라진' 성분이 남성 불임
을 유발하는데 태아나 유아들에게 치명적이라는 말을 듣고 창고
에서 몰래 농약을 훔치고는 신부님에게 자신이 도둑질했다는 고
해성사를 한다. 신부님이 주신 성모송을 외우는 동안 태중의 아
이들이라는 말이 자꾸 마음에 걸린다. 어느 날 골프장에서 손님
이 OB를 내는 바람에 공이 옆 홀 그린으로 넘어가 퍼팅하던 사람
의 머리에 맞아 몇 바늘 꿰매는 사고가 난다. 캐디인 내가 적극적

으로 드리이버를 못 치게 말리지 않아 생긴 사고라며 고소를 당한다. 억울하지만 어쩔 도리가 없다. 친구의 소개로 옮겨간 회원제 골프장에서 돈을 뿌리는 여자 손님을 만나 하루 캐디 피와 맞먹는 돈을 받아도 나는 기쁘지 않다. 그날은 더 많은 제초제를 페트병에 옮겨 담는다. 그 순간만큼은 신기하게도 우울감이 사라진다. 나는 밤마다 스마트폰으로 구글링을 하며 제초제 성분 검사를 해 미량의 아트라진이라도 임산부가 마시면 태아는 불임이 될 확률이 높다는 사실을 확인한다. 나는 신부님 앞에서 제가 모르는 죄까지 용서해 달라고 고백하고 싶지만, 화장실이 있는 집에서 살고 싶다는 말만 튀어나온다. 그러면서 존재가치가 없는 나를 왜 태어나게 한 것인가 싶어 감정이 격해져 흐느끼다가 통곡한다. 그러자 참다못한 신부님이 버럭 언성을 높인다.

개인의 행복이 절대 가치인 시대가 되었습니다. 그러니 어떻게 하면 행복해질까 고민하세요. 하느님의 나라와 그 의를 구하라는 말이 공허한 메아리가 된 지 오랩니다. 부모가 자식을 죽이고 자식이 부모를 죽였다는 뉴스가 매일 나오다시피하지 않습니까. 내가 제일 많이 듣는 고백이 가족 간의 마음에 관한 것입니다. 혼배성사를 할 때마다, 미사를 집전할 때마다, 서로 사랑하고 화목한 가정을 이루라고 당부했는데 철저히 거부당한 겁니다. 진정한 의미에서 거부당하고 버림받는 사람은 바로 납니다. 할 수만 있다면 하나님께 새로운 기회를 드리고 싶습니다. 천지창조 이전으로 되돌려서 다른 모습으로 인간을 창조하실 수 있게 말입니다.

　신부님 지금 무슨 말씀을 하시는 거예요?

　내가 진의를 파악하기도 전에 신부님이 보속을 주셨다.

　주님의 기도 세 번 암송하세요. 주님께서 죄를 용서해 주셨
습니다. 평안히 가세요.

　나는 반사적으로 성호를 그었다. 그런데 내 입에서 나온 말
은 '아멘'이 아니라 '은밀하게'였다.(「은밀하게」)

　어머니, 아버지라는 불변의 가치나 가치에 대한 모든 믿음과
환상이 무너진 곳에서 자라온 화자의 고립된 자아의식을 절대화
한 소설인데, 스스로 거부하고 싶은 자기 존재를 다른 형태로 불
러내고 있다. 그 절대화한 자기의식이란 자본주의 질서를 무시
함으로 성립한다. 그런 면에서 이 소설은 직접적으로든, 신이라
는 매개로든 존재에 관한 이데올로기적 자의식이라 해도 무방하
다. 또 한편으로는 '화장실 있는 집에서 살게 해 달라'는 제스처
를 통해 우리가 의식적이든 무의식적이든 자본주의의 세련된 타
협으로 이끌릴 수 있다는 경고로도 읽힌다. 삶의 비루함을 짓누
르는 비정한 심연을 엉뚱한 믿음이나 환상에도 기대지 않고 정
면으로 직시하는 힘에서 튀어나온 '은밀하게'라는 단어는 시사
하는 바가 적지 않다. 개인의 행복이 절대 가치가 되었다는 신
부님의 말을 '은밀하게' 들으려는 나의 심리는 태아에게 나쁜 농
약을 훔치는 행위와 맞닿아 역설적으로 인간의 존엄을 발견하는

중요한 순간으로 작용하면서 우리 사회에 대한 진지한 고민으로 읽히고 있다.

「낯선 봄」은 속도감 있고 긴장감이 뛰어난 소설이다. 여행사 투어 길잡이로 20년이 넘게 일한 여자가 화자이다. 19명의 손님을 인솔해 남미대륙을 여행 중이던 나는 페루를 거쳐 아르헨티나에 도착해 부에노스아이레스 시내 여행을 하기 직전 코로나19로 여행금지령이 내려져 호텔에 억류당한다. 막무가내 항의 끝에 체크아웃해서 여행객들을 택시에 태우고 그곳을 빠져나와 공항으로 가지만 비행기에 태워주지 않는다. 이 비행기를 타지 못하면 감금되어 언제 빠져나갈 수 있을지 몰라 다급한 나는 대사관에 도움을 청하고 할 수 있는 모든 것을 동원하는 우여곡절 끝에 브라질로 가는 비행기를 탄다. 브라질 상파울루에 도착해서 리우행 비행기를 타고 해질녘에 리우 공항에 도착한다. 그 와중에서도 리우 카니발을 보기 위해서이다. 하지만 상파울루에서 프랑크프루트로 가는 노선이 곧 폐쇄되니 빨리 리우에서 빠져나오라고 본사에서 연락이 온다. 다행히 여행객들의 표를 구할 수 있었으나 며칠 후에 나가기로 예약했던 나는 날짜 변경이 안 되어 손님들을 내보내고 혼자 그곳에 남는다. 불안한 마음에 이대로 있어서는 안 되겠다 싶어 다음날 공항으로 달려가 네덜란드 항공편으로 암스테르뎀을 거쳐 파리로 가서 대한항공을 타고 인천으로 가는 표로 변경하지만, 새벽 0시부터 유럽연합 내 국가 간 이동이 금지

되어 수속이 안 된다. 다급해진 나는 런던에서 북경을 거쳐 인천으로 가는 표로 바꾼다. 런던행 비행기를 타고 히스로 공항에 도착해 바로 환승 통로가 달려가 에어차이나 항공을 타면 되는데 카운터에 내 예약이 없다. 어찌어찌해서 터미널로 뛰었지만 게이트가 닫혀 비행기를 타지 못한다. 나는 라탐 항공으로 가서 돈이 얼마나 들어도 좋으니 한국으로 곧장 가는 비행기표를 달라고 떼를 쓴다. 내 성화를 못 이긴 직원이 5일 후에 출발하는 대한항공으로 바꿔 주었지만 하루라도 빨리 타기 위해 대기자 명단에 이름을 올리고 공항 근처에 투숙하면서 좌석이 나오기를 기다린다. 사흘째 되던 날 다행히 대한항공 특별기편 비행기를 타고 한국으로 돌아와 코로나 검사를 받았는데 양성이다. 구급차에 실려 코로나 전담병원으로 이송되어 무증상 감염자로 산소호흡기를 달고 3주간이나 입원하고 퇴원해 돌아오니 세상이 완전히 달라져 있다. '거리 두기가 시행되었고, 국가 간 이동도 금지되었다. 사망자가 많아서 냉동 컨테이너에 시신을 보관한다는 나라도 생겼다. 이전에 살던 세상과는 확연히 다른 낯선 세계이다.' 또한 실업이라는 새로운 터널도 나를 기다리고 있다.

　코로나바이러스와 싸워서 이겼을 때 몹시 기뻤다. 우울감에 빠질 걱정 같은 건 하지 않았다. 그러나 일상이 멈추고 집 안에 갇혀 있는 시간이 길어지자 점점 우울해졌고 수면 장애를 겪었다. 의사는 내 병을 코로나 블루라고 부르며 항우울제와 수면제를 처방했다. 산책하고 책을 읽으며 버터 보려고 했지만 사소한 일에도 짜증이 나고 화가 치밀었다. 이번에는 의사가 코로나 레드라고 했다. 그는 항불안제를 추가로 처방했다. 저축했던 돈을 다 써버린 지금 나는 좌절과 절망에 빠져있다. 구원의 빛은 어디에서도 보이지 않아서 암담하기만 하다. 이런 나에게 의사는 코로나 블랙에 갇혔다고 말하며 공격성과 충동성을 줄여주는 약물을 추가하겠다고 말했다. 그러나 그는 내가 갇힌 긴긴 터널의 끝이 어디쯤인지는 알려주지 않았다.(「낯선 봄」)

작가는 화자의 이런 절망적인 고독을 다음과 같이 절묘한 시각적 표현으로 소설을 끝낸다.

그렇게 일 년이 지나 봄이 왔지만 '봄날은 그렇게 홀로 아름다웠다.' 그러나 나는 속절없이 아름다운 이 봄이 오히려 낯설다.(「낯선 봄」)

지극히 개인적인 소설로 읽히는 이 소설은 그러나 전혀 개인적이지 않다. 코로나19 시대를 살아가는 인간의 모습을 이렇게 실감 나게 묘사한 소설은 드물다. 코로나19 위에 덧씌워진 온갖 관념 덩어리는 걷어내고 더할 수 없이 긴박하고 비정하게 바이러스를 견뎌야 하는 인간의 모습을 리얼하게 보여주는 수작이다. 바이러스 앞에 속수무책으로 내던져진 인물의 고독과 공포 속에 숨어 흐르는 주변 상황과 특성을 감정이 배제된 건조한 어투로 들려준다. 이런 화자의 어투는 소설의 인물들이 보이는 모습이나 태도와 정확히 조응해 그 울림의 폭을 키우고 있다. 금방이라도 밖으로 터져 나올 것 같은 절망과 공포를 억눌러 가라앉히려는 안간힘과 갈등하면서 만들어내는 조용하고 격렬한 내면의 긴장이 영화의 한 장면들처럼 선명한 이미지로 다가온다. 절망 앞에서, 그 절망을 어떻게든 견디면서 자아를 놓지 않으려는 화자의 의지적 행위가 다른 소설들과 달리 유독 강렬한데, 그것은 코로나19 앞에서 자기소멸의 공포를 이기려는 인간 모두의 의지적 행위를 대변하고 있기 때문이다.

3.

위에서 살펴본 것처럼 소설집 『10cm』는 인간과 현실에 대한 근본적인 성찰과 문제의식을 통해 삶에 대한 깊이 있는 감응과 이해나 통찰을 제공하면서도 치열한 자아탐구를 포기하지 않고 있다. 이현신 작가의 소설은 빈약한 내면에 자폐적으로 안주하는 비슷비슷한 요즘의 상투형 소설과는 다르게 소설의 결이 크고 두텁다. 그래서 그의 소설에는 독자들이 기댈 수 있는 강력한 주장이, 현실과 부딪치는 열정이, 자기 파괴를 넘어서는 냉소와 항의가, 신경증적 강박에 대한 세심한 분석이, 이를 떠받드는 자아에 대한 강한 신념이 있다.

소설집 『10cm』의 인물들은 거대한 타인의 질서로 강제된 고단한 삶의 횡포를 이미 변할 수 없는 것으로 감내하는 것이 아니라, 보다 적극적으로 맞서며 자아를 표현하는 방법을 체득하면서 실천하고 있다. 그것은 작가의 현실감각이 현실에 대한 대중들의 공통감각과 접점을 형성하면서 그것을 토대로 새로운 문법의 소설적 영역을 조금씩 넓혀가고 있기 때문이다. 그래서 여전히 유효한 '소설이 무엇인가?'를 질문하게 만드는 소설이다.

독자들이 이 소설을 읽으면서 눈여겨봐야 할 것은 작가의 소설적 어투이다. 건조하면서도 전문의처럼 정확한 그 어투는 비정한 현실에 자기를 내어주지 않으면서 스스로 자기 자신의 개별적인 가치를 정립하려는 작가의 의식과 연결되어 있다. 그래서 아무리 긴박한 상황에 노출된 인물이라도 그 상황 자체에 대한 거리 유지를 통해 상황의 일방적 지배력을 제어하고 그 어느 것에도 지배되어 함몰되지 않는 자기 자신의 가치를 드러내고 있는데, 소설 인물들의 태도이기도 하지만 바로 작가의 태도이기도 하다. 바로 이런 작가의 태도가 이 소설을 다른 소설들과 구분하게 만드는 개성적인 지점이다.

엄혹한 현실이 말하고 있는 사회적 진실을 환상이나 섣부른 희망과 전망으로 덮어버리는 것이 아니라 눈을 부릅뜨고 직시하는 것 또한 이 소설이 지닌 힘이다. 인물들의 삶의 국면을 생생하게 보여주면서도 그것을 어떤 관념으로 채색하거나 섣부르게 미학화 하지 않는다. 어느 것으로도 환원되지 않는 존엄한 개체로서 냉혹한 삶을 견디고 있는 다양한 개인의 삶의 양태를 예민하게 포착하면서도, 개인과 개인 사이의 미세한 틈에서 일어나는 현상을 사회적 상상력으로 조각해가는 작가의 손길은 우리에게 반성적 감각의 능력을 강하게 촉구하고 있다.

이현신 작가의 소설집 『10cm』의 인물들은 자신들을 억압하는 타인의 질서에 짓눌리기보다는 그 속에서 자아의 가치를 재창조하고 재발견한다. 자신을 압박하는 사회나 타인의 필연적인 규정성을 의식적으로 피하기보다는 건강한 존중을 통한 타자와의 공감이나 연대의 실마리를 보여주고 있다. 그 과정에서 작가가 구축한 정교한 자기 세계에의 완결성은 공공성 혹은 사회적 논의의 장을 제공하는 상상력의 긍정적인 요인으로 작용하고 있다.

지금 첫 소설집을 세상에 내놓는 작가가 앞으로 어떤 성과를 어떻게 축적할 수 있는지 전망하기가 조심스럽지만, 아직은 다 보여주지 못하고 본인 속에 깊숙이 잠재되어 있는 그 가능성을 깊고 폭넓은 소설적 사유와 형상으로 넓혀가기를 기대하면서 응원한다.

10cm

초판 1쇄인쇄 2022년 3월 21일
초판 1쇄발행 2022년 3월 23일

저　자 이현신
발행인 박지연
발행처 도서출판 도화
등　록 2013년 11월 19일 제2013－000124호

주　소 서울시 송파구 중대로 34길 9－3
전　화 02) 3012－1030
팩　스 02) 3012－1031
전자우편 dohwa1030@daum.net
인　쇄 유진보라

ISBN ｜ 979－11－90526－71－5*03810
정가 13,000원

도화道化, fool는
고정적인 질서에 대한 익살맞은 비판자,
고정화된 사고의 틀을 해체한다는 뜻입니다.